転生した大聖女は、聖女であることをひた隠す 6

十夜

Illustration chibi

JN112692

あらすじ

伝説の大聖女であった前世と、聖女の力を隠しながら、
騎士として奮闘するフィーア。

しかしながら、隠そうとしても隠しきれない聖女の能力の片鱗や、
その言動により、騎士や騎士団長たちに影響を与え、
気付けば彼らはフィーアのもとに集まってくるのであった。

そんなフィーアは、特別休暇を使って姉に
そして、こっそりザビリアに会いに行くことに。
しかし、そんな思惑がバレバレのフィーアに、カーティスも同行を求める。

さらに、出発日前日、街でばったりとグリーン、ブルーの二人と出会う。
かつて一緒に冒険した二人との再会を喜ぶフィーアだが
何故か二人も霊峰黒嶽への旅路に同行することに。

霊峰黒嶽の麓で姉と、そして山頂でザビリアと再会したフィーアは
懐かしい面々とともに穏やかな時間を過ごすのであった。

登場人物紹介

フィーア・ルード

ルード騎士家の末子。
前世は王女で大聖女。
聖女の力を隠して騎士になるが…。

ザビリア

フィーアの従魔。
世界で一頭の黒竜。
大陸における
三大魔獣の一角。

サヴィス・ナーヴ

ナーヴ王国
黒竜騎士団総長。
王弟で
王位継承権第一位。

シリル・サザランド

第一騎士団長。
筆頭公爵家の当主で
王位継承権第二位。
「王国の竜」の二つ名を
持つ。剣の腕は騎士団一。

カーティス・バニスター

第十三騎士団長。
元第一騎士団所属。
前世は“青騎士”カノープス。

レッド、グリーン、ブルー

アルテア帝国皇帝及び
皇弟。

300年前

セラフィーナ・ナーヴ

フィーアの前世。
ナーヴ王国の第二王女。
世界で唯一の“大聖女”。

シリウス・ユリシーズ

300年前に王国最強と
言われていた騎士。
近衛騎士団長を務める、
銀髪白銀眼の美丈夫。

WORLD MAP

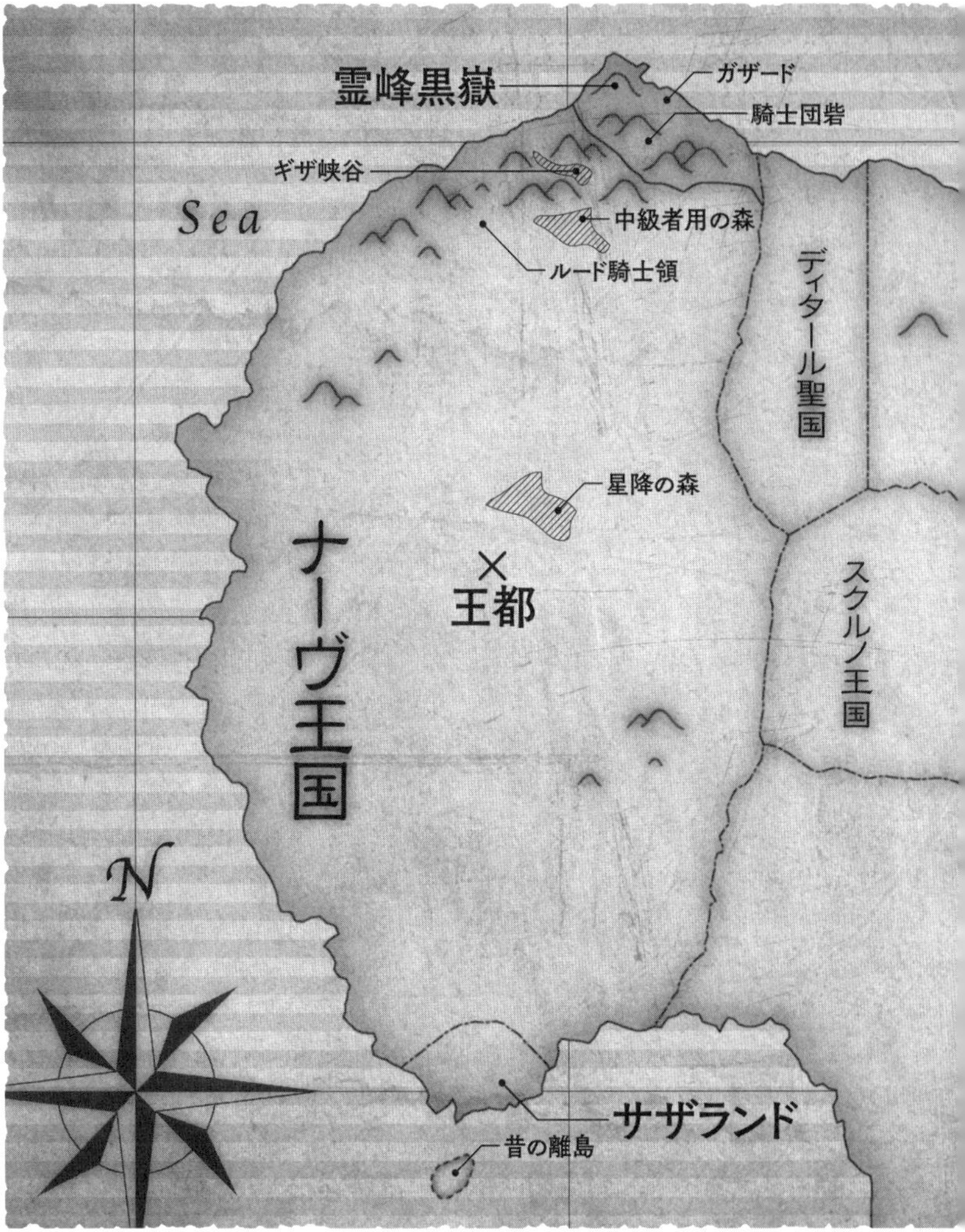
霊峰黒嶽
ガザード
騎士団砦
ギザ峡谷
Sea
中級者用の森
ルード騎士領
ディタール聖国
星降の森
ナーヴ王国
王都
スクルノ王国
N
サザランド
昔の離島

ナーヴ王国黒竜騎士団

総長 サヴィス・ナーヴ

	騎士団長	副団長	団員
第一騎士団（王族警護）	シリル・サザランド		フィーア・ルード、ファビアン・ワイナー
第二騎士団（王城警備）	デズモンド・ローナン		
第三魔導騎士団（魔導士集団）	イーノック		
第四魔物騎士団（魔物使い集団）	クェンティン・アガター	ギディオン・オークス	
第五騎士団（王都警備）	クラリッサ・アバネシー		
第六騎士団（魔物討伐、王都付近）	ザカリー・タウンゼント		
第七騎士団（魔物討伐、北方）			
第八騎士団（魔物討伐、東方）			
第九騎士団（魔物討伐、南方）			
第十騎士団（魔物討伐、西方）			
第十一騎士団（国境警備、北端）	ガイ・オズバーン		オリア・ルード
第十二騎士団（国境警備、東端）			
第十三騎士団（国境警備、南端）	カーティス・バニスター	コーディ	
第十四騎士団（国境警備、西端）		ドルフ・ルード	
第十五騎士団（国境警備）			
第十六騎士団（国境警備）			
第十七騎士団（国境警備）			
第十八騎士団（国境警備）			
第十九騎士団（国境警備）			
第二十騎士団（国境警備）			

騎士団表
（300年前）

ナーヴ王国騎士団	
騎士団総長	ウェズン
第二騎士団長（王城警備）	ハダル・ボノーニ
第三魔導騎士団長（魔導士集団）	ツィー・ブランド
第五騎士団長（王都警備）	アルナイル・カランドラ
第六騎士団長（魔物討伐、王都付近）	エルナト・カファロ

赤盾近衛騎士団	
団長	シリウス・ユリシーズ
護衛騎士	カノープス・ブラジェイ

ナーヴ王国王家家系図
（300年前）

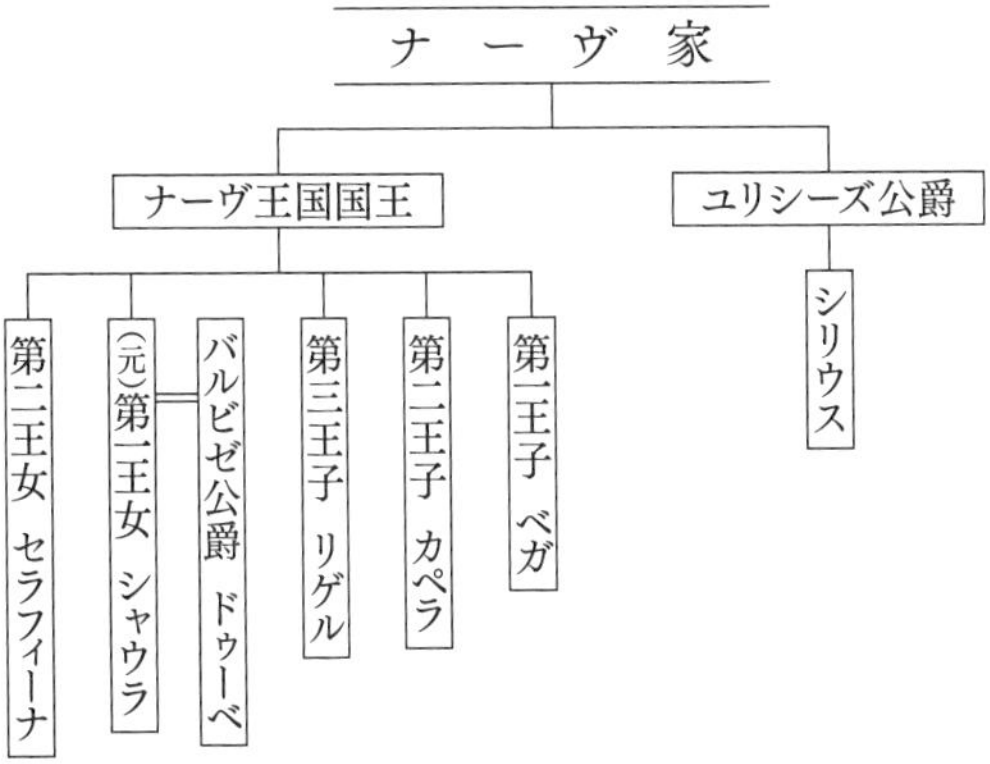

CONTENTS

The Great Saint who was
incarnated hides being a holy girl

38　霊峰黒嶽2

翌朝、私はすっきりした気分で目が覚めた。

勢いよく体を起こそうとしたけれど、お腹の上に小さくなったザビリアが乗っていることに気付き、頭を上げただけの姿勢で停止する。

……ザビリアのこの絶妙の重さが心地いいのよね。

おかげでぐっすり眠れたのかしらと思いながら見つめていると、ザビリアは目を瞑《つむ》ったまま、すりすりと頭をすり寄せてきた。

まあ、可愛らしい、と思わず笑みがこぼれる。

私は楽しい気持ちのまま口を開いた。

「あらあら、竜の王様ったら甘えん坊ですのね！　いいですよ、この甘え癖は私たちだけの秘密にして差し上げます」

いたずら心が出て、黒竜王とその侍女設定の会話を始めると、ザビリアはおかしそうにくすりと笑った。

「うむ、苦しゅうない。予《よ》は今日一日、小さいままフィーアの肩で過ごすぞよ」

「えええ！　それは他の竜たちの手前、どうなのかしら？」

ザビリアが私に合わせて黒竜王としての会話を続けてくれるのはいいけれど、肝心のセリフがいただけない。

私はザビリアのたった一言で自分の役どころを忘れると、困ったように眉を下げた。

「王様ってのは、威厳に満ちた存在であるべきじゃないかしら？　小さくなって私の肩にとまっていては台無しだわ」

「ふふ、たったそれくらいの見かけで、僕を見下すような竜はここにいないよ。いたとしても、その竜の見る目がないということだし」

「うーん、でも、誰よりも大きかったザビリアが突然小さくなって、私の肩に止まっていたら、一体何が起こったのかしらと誰もが驚くと思うけど？」

「よし、試してみようか」

そんな簡単な会話で、今日一日、ザビリアが小さいままで過ごすことが決まってしまう。

もう、ザビリアったら、後から困ったことになっても知らないからね！

私は不同意を示すようにちらりとザビリアに視線を送ったけれど、当のザビリアは素知らぬ様子で着替え終わった私の肩に飛び乗ってきた。

仕方がないのでそのまま洞窟を出て、開けた場所まで歩いて行く。

途中途中で色々な竜に会ったけれど、その全員が私の肩に止まったザビリアを目にした途端、びくりと全身を硬直させて、動きを停止させていた。

……あら、本当にザビリアの言葉通り、小さなザビリアでも十分迫力があるようね。

ザビリアの正しさを認めた私は、素直に敗北の弁を述べる。

「これはまいりましたわ、竜王様」

「うむ、許すぞよ。予はフィーアが好きだからな」

「あら、王様ったら。一介の侍女にそのようなことを簡単におっしゃるなんて、浮ついた感じのダメなタイプの王様だったんですね」

そんな会話を交わしながら、昨夜の夕食会場だった場所に到着すると、カーティス団長とグリーン、ブルーは既に起床していたようで、椅子代わりの丸太に座っていた。

「おはよう、フィー……アァ!?」

穏やかに挨拶をしかけたブルーだったけれど、肩の上のザビリアを目にすると、ぎょっとしたような表情に変わる。

「あ、あれ、黒竜は世界にたった1頭の古代種だって聞いていたが、こ、……黒竜殿の子どもさん？」

ブルーの発想が面白くて、思わず噴き出してしまう。

「ぷふっ、面白い発想ね、ブルー！　あらまあ、王様かと思っていたこの黒き方は、王様ではなく赤子様だったんですね。それは確かに、迫力に欠ける可愛らしいお姿ではありますが……ふふふ、やだわ、ザビリアったら赤ちゃんに間違われているわよ！」

我慢できずに笑い声を上げると、ザビリアはあくまで澄ました表情で答える。

「結構だぞよ。予の可愛らしいフィーアが楽しんでくれたのなら満足だ」

「ぷくく、ザビリアったら、その浮ついた感じの王様役が上手ねぇ」

そう言い返すと、ザビリアと一緒に笑い転げる。

唖然《あぜん》とした様子で私たちを見つめているグリーンとブルーとは異なり、カーティス団長は疲れた様子で席を立った。

「おはようございます、フィー様、黒竜殿。お2人ともよく眠られたようで元気ですね。何よりです」

カーティス団長の言い回しに引っ掛かるものがあり、団長は違うのかしらと、その顔をまじまじと見つめると、目の下にうっすらと隈《くま》が見えた。

「まあ、カーティスはあまり眠れなかったの？　場所が変わると寝つきが悪くなる、繊細なタイプだったのね」

あるいは、カーティスが案内された洞窟が寝心地が悪かったのかしら？

だとしたら、ザビリアの寝床は快適だったから、今夜は代わってあげようと考えていると、カーティス団長は否定のために首を横に振った。

「いえ、ご心配には及びません。昨晩は色々と思い出されることがあって、寝るタイミングを逸しただけです」

「ふうん？」

カーティス団長は何かあったとしても、心配させまいと隠す傾向があるから、本人が大丈夫だと口にしても、実際にそうなのかは分からないのよね……。

そう思いながらも、ものすごく具合が悪そうには見えなかったので、それ以上追及することもできずに空いている丸太に腰を下ろす。

私は出されたお水を何ともなしに飲みながら、ずっと気になっていたことをザビリアに質問した。

「ところで、その、ザビリアは竜たちにどんな訓練を行っているのかしら？」

本当に聞きたかったのは、ザビリアがこの山でやりたいことは何で、それはいつ終わって、私の側《そば》にいつ帰ってくるのかしらということなのだけれど、ストレートに聞くと気持ちを押し付け過ぎるように思われたため、さり気なさを装い、順を追って尋ねることにする。

ザビリアは小さく笑うと、嬉しそうな声を出した。

「ふふ、フィーアが僕に興味を持ってくれるんだ。竜と一口に言っても色んな種別があるからね。そして、種別毎に得意なことが異なるから、まずは色々な種別の竜を集めて、集団行動の中で彼らの特性を活かすことを教えているところだよ」

「そうなのね。でも、色々な場所から集まってきたにしては、皆とても仲が良いのね」

昨日、それぞれの種別ごとに棲む場所が異なると教えられ、竜たちの棲《す》み処《か》を案内された時の情景を思い出しながら言葉を続ける。

赤竜や青竜が一緒に水浴びをしたり、ねぐらが心地よくなるように環境を整えたりしている様子を見て、不思議な光景だと思ったからだ。

ザビリアは私の言葉に同意するように頷《うなず》いた。

「元々、竜種は群れを作る習性があるから、種別が異なってもそう忌避感はないようだね。食料となる魔物を一緒に狩ることで、連係することを自然と学習しているようだし。……そもそも、僕が竜王になろうと思ったのは、群れる魔物も多いから、それらの魔物に数の力で負けないためだからね。連係を覚えることが一番かな」

確かに群れる魔物は厄介よね、とザビリアの言葉に納得する。

難しいのは、普段から一緒に行動をしている同種の魔物が群れで襲ってくる場合だけでなく、バラバラに生活している別種の魔物が戦闘の時だけ連係してくることだ。

「連係して攻撃してくる魔物は、確かに一筋縄ではいかないわよね。ところで、戦闘訓練をする場合、特定の魔物を敵役として想定するの？」

「そうだね、フェンリルのように大きな群れを作る特に厄介な魔物については、あらかじめ戦い方を想定しているかな。その他の上位種については、群れるかどうかにかかわらず戦闘方法を想定しているよね。でも、魔物の中で一番厄介な存在と言えば、間違いなく魔人だよね」

ザビリアの口からするりと、1つの単語が零《こぼ》れ落ちる。

それは何の底意もなく口に出されたザビリアの一言だったというのに。

「……っ！」

『魔人』という単語を聞いた瞬間、私の全身は恐怖で凍り付いたのだった。

◇　◇　◇

「フィーア？」

グリーンが訝《いぶか》し気な表情で尋ねてくる。

突然動きを止めた私を心配していることが分かったため、安心させようとしたけれど、喉が詰まったようになり、声を出すことが難しく思われる。

ぐっと唇を噛み締めて黙っていると、返事がないことを不審に思ったのか、ブルーまでもが心配そうに尋ねてきた。

「フィーア、どうしたの？」

私は返事をすることを一旦諦めると、コップを掴んだままの両手をテーブルに下ろし、強張《こわば》っていた指を1本ずつコップから引き剝《は》がすことに集中した。

目の前の簡単な作業に集中することで、心を落ち着かせようとしたのだ。

ぷるぷると震え始めた指をゆっくり外していると、普段と異なる私の様子に気付いたグリーンとブルーが、それ以上は何も尋ねずにじっと見守ってくれる。

……空気を読める大人だわ。

大雑把《おおざっぱ》なように見えて、必要な時にはきちんと状況を把握して、沈黙を守れるんだもの。

もちろん、同じように静かに見守っているザビリアやカーティス団長にも、同じことが当てはまるのだけれど。

そう思いながら、時間を掛けて全ての指をコップから外し終えた私は、ほっと息を吐いた。

それから、かすれた声を出す。

「……魔人が、こわい」

発言した途端、まるで子どものようなセリフだと思ったけれど、笑う者は誰もいなかった。

それどころか、まるで私が重要な世界の理《ことわり》を口にでもしたかのように、重々しい様子でグリーンが繰り返す。

「……そうか。魔人が怖いのか」

カーティス団長は無言のまま立ち上がると、自分の上着を私の体に巻き付けてくれた。

身長差があるために服のサイズが大きくて、私の体はほとんど覆い隠されてしまったけれど、そのことで世界から隠れてしまったような錯覚に陥り安心する。

「山の朝は冷えますから」

カーティス団長が付け足すようにつぶやいたけれど、その言葉をそのまま信じることは難しかった。

団長がまるで世界の全てから隠すように私の体に服を巻き付けたのは、山の寒さが原因ではないだろう。

そして、私が寒さを感じているのは、気温のせいではなく緊張のせいだろう。

私はほおっとため息をついた。

……こんな風に、単語一つでびくびくしているようではダメね。

昨日、「魔人」と名乗ったガイ団長に怯《おび》えたこともそう。

私はぐっと両手を組み合わせると、３００年前に思いを馳せる。

――――私の近衛騎士団長だったシリウスは、決して逃げなかったわ。

カノープスだってそう。不都合なものから目を背けることもしなかった。

それから、昨夜の話では、前世のお姉様の子どもであるカストルが帝国皇帝になって、立派に国を治めたとのことだった。

誰もが立派な行いをしているというのに、私一人が逃げていたら、彼らの誰にも顔向けができないわ。

私は顔を上げると、正面からグリーンを見つめた。

「魔人は……あとどれくらい世界に残っているのかしら？」

簡単で基本的な問い。

けれど、そんな質問から始めなければならないほど、私は魔人について無知だった。

――昔、まだ前世のことを思い出す前の幼い頃、姉さんから何度も聞かされた。

大聖女が魔王を討伐した後、王を失った魔人たちは次々と封じられていったと。

最後の一人まで封じられたのだと、姉さんは語ってくれたけれど……

前世の記憶を取り戻した私は、残念ながらその言葉を信じることができなかった。

なぜならあの狡猾《こうかつ》で強力な『魔王の右腕』が封じられたとは、とても思えなかったからだ。

そして、恐らく右腕は、前世の兄たちが魔王城を去るより早く、敬愛する魔王の箱を取り返し、封印を解いているはずだから。

そのため、『魔王の右腕』と『十三紋の魔王』がこの世界に残されている、というのが私の予想なのだけれど。

そう考えながらグリーンを見つめると、彼は用心深そうな表情でゆっくりと口を開いた。

「……『はじまりの書』には、『世界に33紋の魔人あり』と書かれているが……」

「えっ!?」

グリーンの口から発せられたのが、秘匿情報中の秘匿情報だったため、私は驚いて声を上げた。

どういうこと？　グリーンの職業は冒険者じゃないかしらと考えていたけれど……、もしかしたら家柄自体は商会を経営しているようないいところかもしれないと思いはしたけれど、……『はじまりの書』となるとレベルが異なる。

なぜならそれは、各国の王族クラスの最上位者にのみ留め置かれている、最上級の秘密情報だからだ。

「グ、グリーンは冒険者なのよね？　私が聞きたかったのは、帝国の市井《しせい》に出回っている魔人についての噂話だったのだけど。その内容と姉さんから聞いた王国の噂話が一致していれば、噂は事実に近いものと見做《みな》せるのじゃないかと思って……」

私の想定していた内容とグリーンの発言内容があまりに異なったため、困惑して尋ねると、グリーンは「ああ」と言いながら顔をしかめた。

「お前は望んでその立場にいるのだったな。そのため、カーティスを含めたお前の周りにいる者たちに、オレらの立場を明示することははばかられるのだった」

グリーンの謎かけのような言葉に、カーティス団長が目を眇《すが》める。

「なるほど、私が自分の役割を理解しているかを確認するために必要以上の仄《ほの》めかしか。全く不要だが。いいか、グリーン。1つ助言をしておくと、フィー様を理解したいのならば、フィー様の言葉通りに解釈することだ」

グリーンは一瞬、カーティス団長の言葉を吟味《ぎんみ》する様子で眉根を寄せたけれど、すぐに頷いた。

「分かった」

それから、グリーンは私に向き直る。

「フィーア、お前が知りたいのは帝国の噂話だな。だとしたら……、帝国では魔人は全て封じられたというのが通説だ」

ブルーも兄の言葉に同意して頷くと、内容を補足する。

「そうだね。小さな子どもに言うことをきかせようと、脅《おど》しをかける時にしか魔人は登場しないよね。『言うことを聞かない悪い子のところには、魔人がくるよ』って」

「そう……」

姉さんから聞いた話と同じね、と思いながら組んだ両手を見つめていると、グリーンが言葉を続けた。

「言い出したことだから、最後まで続けるが、……オレにはちょっとしたお偉い知り合いがいてな。その者から『はじまりの書』について聞いたことがあった。もちろん極秘とのことだったが、フィーア、お前はオレの恩人だからな。聞きたいのであれば、オレが知っている限りの話をしよう」

「えっ」

弾《はじ》かれたように顔を上げると、まっすぐこちらを見つめるグリーンと目が合った。

◇　◇　◇

「聞きたい……」

驚くほどするりと、私の口から言葉が零れ落ちる。

そして、口にした途端、発した言葉が正しく心情を表していることに気付かされた。

グリーンがどこまで知っているのか分からないし、彼の情報が真実なのかも分からないけれど、聞けることは何でも聞きたいと思ったのだ。

「分かった」

グリーンは頷くと、考えをまとめるため中空に視線をさまよわせた。

そのわずかな沈黙の間に、ザビリアは私の肩から降りると膝の上に乗ってくる。

そして、すりすりと私のお腹に頭をすり寄せた。

まあ、ザビリアは私を勇気づけようとしてくれているのだわと気付き、嬉しくなって腕の中にぎゅっと抱き込む。

それから、話を聞くためグリーンに顔を向けると、彼は気遣う様子を見せながら口を開いた。

「『はじまりの書』にあるのはこうだ。『世界に33紋の魔人あり』――――と。フィーア、お前が知っていることと重複するかもしれないが、魔物の中には人型をとる『魔人』と呼ばれる存在がいる。そして、その中でも特に強力な魔人は、例外なく体に紋が刻まれているため、『紋付きの魔人』と呼ばれている」

「ええ……」

私は300年前のおさらいをするような気持ちでグリーンの話を聞いていた。

前世では王女であり、大聖女でもあったため、どんな秘匿情報でも私の下にはもたらされていて、『はじまりの書』にも聞き覚えがあった。

そのため、過去の知識と照らし合わせながら話を聞いていく。

「魔人の強さは紋の数に比例する。そして、その身に持つ紋の数は、魔人によってバラバラだ。１紋の魔人もいれば、３紋の魔人もいる。しかしながら、それら全ての紋の数を合わせれば33紋だと『はじまりの書』にはある」

ええ、その通りだ。３００年前にも同じ話を聞いたことがあった……と、そこまで考えたところで、不自然に呼吸が乱れ始めた。

……ああ、まただわ、と慌てて胸元を押さえつけ、息を整えようと努力する。

いつだってこうだ。魔人のことを考えると、すぐに心臓が早鐘を打ち始める。

落ち着くために深い呼吸をしていると、ブルーが心配そうな表情で手を伸ばしてきた。

「フィーア、大丈夫?」

私は胸元を押さえていた手でブルーの手を摑むと、安心させるために微笑んだ。

「……ええ、大丈夫よ」

少し気分が悪くなっただけで気付いてくれ、心配してくれる存在がいることを心強く感じる。

私は片手でザビリアを、もう片方の手でブルーを摑むと、大丈夫と自分に言い聞かせた。

カーティス団長もグリーンもいるのだから、守られている気がして、恐怖も吹き飛ぶというものだ。

　グリーンはブルー同様心配そうな表情をしたけれど、話を終わらせることが先だと判断したようで言葉を続けた。

「大聖女様が『十三紋の魔王』を封じた後、市井の噂話通り魔人は全て封じられた、……と言いたいが、実際には、残った魔人たちは300年前に突然、世界から姿を消した」

「えっ!?」

　思ってもみない話を聞いて、落ち着きかけていた心臓がどくりと再び跳ねた。

　大きく目を見開いた私を、これ以上刺激しないよう、グリーンが静かな声で続ける。

「『紋付きの魔人』は1紋でも強力だから、300年前の魔人たちは全員、森や丘に専用の城を建てて配下を従えて住んでいた。ところが、大聖女様が魔王を封じた途端、魔人たちは城を捨てて姿を消し始めたんだ」

「それは……」

　どうしてなのかしら?

　私の予想と異なり、魔王は封じられたままなのかしら?　だからこそ、劣勢になったと感じて魔人たちは姿を隠したの?

　――――分からない。

　限られた情報しか持たないため、魔人たちが姿を消した理由は分からないけれど、……現実は私の予想を悪い意味で上回り、幾人かの魔人がまだこの世界にいるのだという。

「……まじん、が……」

まだこの世界のどこかに何人も残っている。

目に見えて青ざめた私を前に、グリーンは両手を広げると、落ち着かせるためゆっくりと動かした。

「フィーア、魔人を恐れるお前の感情はまっとうだ。３００年前に魔人は全て姿を消した。そのため、誰もが魔人の恐ろしさを忘れ去り、言うことを聞かない子どもへの脅し文句にしか使用しないようになったが……、魔人は意図的に姿を消したのであって、いなくなったわけではないからな。恐怖心を忘れないお前の感情は生物として正しい」

グリーンの言い回しは独特だったけれど、その表情から私を慰めようとしていることを理解する。

……グリーンは優しいのね。それから、よく私を見ているわ。

私は感謝と大丈夫という気持ちを込めてグリーンに頷いた。

それから、グリーンが教えてくれた魔人の話に思考を戻す。

どうやら小さい頃から聞かされていた話は、真実と少し異なっていたようだ。

姉さんの話では、大聖女が魔王を討伐した後、魔人たちは次々と封じられ、全ていなくなってしまったとのことだったけれど、実際には幾人もの魔人が逃げおおせているらしい。

胸元を押さえていると、どくりどくりと不自然に心臓が拍動し始め、魔人のことを考える時に起こる気持ち悪さが再び体中に広がっていった。

私はザビリアを抱きしめている腕に力を入れ、震えるようなため息をついた。

大丈夫、我慢できないほどの気分の悪さではないはずよ。

そう自分に言い聞かせると、話の続きを聞くために顔を上げ、グリーンを見つめる。

私の心情を理解しているのか、グリーンは小さく頷くと言葉を続けた。

「人民をいたずらに不安がらせる必要はないからな。表向きには魔人は全て封じられたことになっている。だが、実際は……、大聖女様の死後に封じられた魔人はごくわずかだ。『二紋の月乙女』、『五紋の渦裂き』の2人だけだ」

「二紋の……月乙女」

その名前にひやりとしたものを感じ、小声で繰り返す。

すると、グリーンは私を力付けるため大きく頷いた。

「心配するな、フィーア！　それらの魔人は既に封じられている。そのうえ、大聖女様は生前、『十三紋の魔王』を含めた20紋もの魔人を封じられている。つまり、これまでに封じられた魔人の紋を合計すると、27紋になる」

……その通りだ。前世の私は、魔王を含めて20紋の魔人を封じている。

「魔人の紋は全て合わせて33紋だからな。世の中に隠れおおせている魔人は、残り6紋しかない」

当然の事実であるかのように、グリーンは口にしたけれど……、そこで初めて、グリーンの言葉を疑う気持ちが湧き起こった。

……本当にそうだろうか？

私はどうしても、魔王が封じられた箱から逃げおおせているのではないかとの疑いを捨てられなかった。

だから、現在、この世界には合計6紋の魔人たちに加えて、『十三紋の魔王』が存在するように思われるのだ。

それから、合計6紋の魔人たちの中に、私を殺した『魔王の右腕』が含まれているはずだ……

私の考えを読み取った訳でもないだろうに、グリーンはさらりと重要な言葉を口にした。

「逃げおおせている6紋の魔人のうち、1紋は分かっている。『一紋の右腕』と呼ばれた魔王の側近だ」

その言葉を聞いた瞬間、びくりと体が硬直したけれど、――――同時にああ、と納得する。

……ほら、やっぱり右腕は逃げおおせていた。そして……

――――そうだ。『魔王の右腕』は、1紋の魔人だった。

(そうだったかな？　もっとたくさん体中に……)

一瞬、思考が分かれかけたけれど、前世で死ぬ直前に見た『魔王の右腕』には、1紋しか刻まれていなかったことを思い出す。

――――ええ、1紋だったわね。

私はなぜだか自分の思考に安心して、ほっと息を吐いた。

すると、私の思考を読み取ったらしいザビリアが、安心させるかのように、甘えるかのように全身をぴたりとくっつけてきた。

私はザビリアを抱きしめたまま、その背中をゆっくりと撫でる。

すると、不思議なことに、どくりどくりと早鐘を打っていた鼓動が少しずつ落ち着いてきた。

大丈夫、大丈夫。

私にはザビリアも、カーティス団長も、グリーンやブルーもいてくれる。大丈夫よ。

心臓の鼓動が落ち着いてきたのを確認すると視線を上げ、ここが一歩踏み出すべき時だわと考えながらカーティス団長に質問した。

「カーティス、大聖堂を訪問し、魔王の箱を確認することはできるかしら？」

――大聖堂。

世界中の教会と聖女を束ねる、救いの総本山。

そして、世界中のどこよりも守りが固く、魔人たちを封じた箱が納められている場所だ。

カーティス団長ははっとしたように息を呑《の》んだけれど、すぐに申し訳なさそうな表情で頭を振った。

「……難しいですね」

「そうよね」

分かり切っていた答えを聞いて、私は納得したようにつぶやいた。

大聖堂は救いを求める多くの者に扉を開いているけれど、魔人たちを封じた箱が納められている最奥の部屋は限られた者しか入れない。

それこそ、一握りの聖職者と各国の国王・皇帝のみだと言い切れるくらいに、入室できる者は限られていた。

その部屋に入り、魔王の箱を確認することが出来るのは、……聖職者以外では、大陸の中でも大国といわれるナーヴ王国国王くらいじゃないかしら。あるいは、アルテアガ帝国の皇帝か。

「うん、無理ね！」

一介の騎士が国王陛下に頼みごとなんて出来るはずもないから、すっぱり諦めるべきだわ。

私は魔王の箱を確認することを断念すると、次善の策について考え始めた……ところで、グリーンが口を開いた。

「フィーア、オレにまかせてもらえないか？」

「え？」

「……先ほど言ったように、オレにはちょっとしたお偉い知り合いがいる。魔王の箱の確認は何とかなるだろう」

驚く私を前に、グリーンは強い目をしてそう言い切った。

【SIDE】アルテアガ帝国皇弟グリーン＝エメラルド

オレがフィーアに抱く感情を理解することは、誰にもできないだろう——全く同じ境遇で同じ体験をした、兄であるアルテアガ帝国皇帝を除いては。

アルテアガ帝国はナーヴ王国と大陸の勢力を二分する大国だ。

歴史は古く、支配が及ぶ土地は広く、治める人民の数は多い。

その帝国の正妃の子として、兄のルビー、オレ、弟のサファイア、妹の4人は生まれた。

母は古き血筋を持つ由緒正しい家柄の出身で、その腹から生まれたオレたちの立場は絶対的だった——もしも、呪いにさえ侵されていなければ。

父の側妃に呪いを掛けられたため、オレと兄は生まれた時からずっと、常に顔面から流血していた。

それが常態だったため、そのようなものだと受け入れてはいたが、いつだって痛みが伴い、青白い顔をして、体の力が抜けていた。

対する帝国の忠臣たちは、オレたちの状態に同情するでもなく、それであれば皇位は継げぬと切り捨てた。

敷地の外れに形ばかりの離宮を与えられ、母と呪いで眠り続ける妹とともに、兄弟３人で寄り添って暮らす日々。

長ずるにつれて、オレは理解した。

母から与えられたのは立派な肉体だったと。

背が高く伸び、体中に肉が付き、鍛えればどこまでも鋼のようになる滅多にない肉体だったと。

頭脳も同様だ。

本を読めば面白いように吸収でき、いくつもの言語を苦も無く覚えることができる、滅多にない優れた頭脳だったと。

だというのに、生まれた時から侵された呪いにより、オレは与えられたものを活かすこともできず、物の数にも入らないのだ。

何者にもなれないと、初めから切り捨てられている。

ああ、オレは何一つ重要な役割を果たすことができずに死んでいくのだと、年月を重ねるごとに諦めの気持ちが深まっていったのだが――――ある日、突然、世界が塗り替えられた。

それまでオレを覆っていた靄《もや》が吹き飛ばされ、世界がきらきらと輝き始めたのだ。

そして、茫然《ぼうぜん》と立ち尽くすオレに対し、世界を一瞬で変化させた女神は、いたずら心に満ちた表情で背中を押してくれた。

『あなた方に、道を切り開く力を与えました。これで、あなた方は、何でもできますよ』

――――その通りだった。

オレの呪いは瞬《またた》きほどの時間で解呪され、そのことを知った帝国の忠臣たちは呆れるほどに手のひらを返してきた。

『あれほどの呪いを解呪できるなど、間違いなく女神に出逢われたに違いありません！　ああ、「創生の女神」はあなた様方が皇統を継ぐことをお望みなのです!!』

『素晴らしいことでございます！　私たち一族は、全力でルビー皇子が皇帝位に就かれることをご支援いたしましょう』

たった一瞬で、世界は塗り替えられた。

持つことを許されなかった多くのものが、何倍にもなって手の中に戻ってきた。

その瞬間に感じたのは、体中が震えるほどの感謝だ。

――――ああ、フィーア。

お前に全ての感謝を捧げよう。

オレに全てを与えてくれたお前のためならば、世界を捧げることだって出来るだろう――――……

その後、兄はアルテアガ帝国の皇帝となり、オレはそのスペアとなった。

兄に何かあった時、全てを代わる役として、帝国の皇位継承権第一位が与えられたのだ。

それは、ものすごい権力が附与された位だった。

この身分をもってすれば、世界中の全ての扉が開かれるだろう。

だから、――――フィーアがカーティスに願い事を口にする場面に出くわし、彼が実行不可能だと返事をした時、――――それこそが、オレが果たすべき役割だと理解した。

フィーアの望みは大聖堂に行き、そこに納められているはずの『魔王の箱』の存在を確認することだ。

大聖堂は世界中に散在する教会の頂点に位置し、魔人の箱が納められている最奥の部屋に入れるのは、ごく少数の限られた者のみだ。

つまり、世界に10人もいないはずで、……そのうちの一人がオレだろう。

「フィーア、オレにまかせてもらえないか?」

だからこそ、何の躊躇《ためら》いもなく、オレの役割だとの自信の下に言葉を発する。

しかし、どういう訳か、オレの言葉を聞いたフィーアは驚いたように見つめてきた。

「えっ、でも、グリーン……」

戸惑うようなフィーアの態度に首を捻《ひね》る。

常識では考えられないほどの奇跡の力を秘めたフィーアは、間違いなく女神が人の姿をとったものだろう。

だからこそ、オレたち兄弟がアルテアガ皇家の血筋だということはお見通しだろうに、なぜフィーアは驚いたような反応を見せるのか。

ああ、もしかしたら、この血筋をもってても大聖堂の奥の部屋には入れないとフィーアは考えているのだろうか。

……つまり、試されている？

この血統をもって、どれほどのことが出来るのかと。

知恵と勇気で、何を成せるのかと。

「なるほど、フィーア……」

だとしたら、出来得る限りのことをして、最上の結果で応えるだけだが。

「お前の依頼は承った」

真面目な表情で頷くと、フィーアは心配そうに言葉を重ねてきた。

「え、本当に？　それは、……ありがとうございます。でも、無理はしないでね」

「ああ、もちろんだ」

フィーアからの依頼だ。無理なんて、するに決まっている。

オレは必ずフィーアに最高の結果を持ってこよう。

そう心の中で決意していると、心配そうに見つめるフィーアと視線が合った。

その表情が意味するところは何だろうと考える。

――フィーアは魔王の箱の存在について確認を求めた。

一体、何のために？

……大聖女様が魔王を封じ、世界に平和がもたらされたことは皆が知るところだ。

だからこそ、誰もが魔王が封じられていることに疑問を抱かず、魔王の箱について考えることなどなかったのだが、……フィーアは何かを疑っているのか？　魔王を封じた箱が大聖堂にあることを？

フィーアの懸念が意味するところに思い至り、ぞくりと背筋に悪寒が走る。

それから、全てを理解しているかのような表情でフィーアを見つめているカーティスと黒竜に視線を移す。

――オレが気付いていないだけで、世界は危険にさらされているのか？

瞬間的に、オレは誰が見ても分かるほどに青ざめたが、……そんなオレを見つめるカーティスと黒竜の視線は、驚きも訝しさもなく凪《な》いでいた。

そのため、彼らは全てを理解しており、オレの考えを肯定されたような気持ちになる。

オレはごくりと唾《つば》を飲み込むと、ぎゅっと片手を握りしめた。

……オレがこの立場にいるのは、自らを守るすべを持たない民を守るためだ。

だというのに、身近に存在する危険に気付いていないとしたら、とんだ間抜けだ。

遅まきながら、やっとフィーアの真意に気付く。

ああ、そうだ、フィーアは自らの望みのように見せかけながら、実際はオレに気付かせようとしていたのだ。

世界に危険が迫っていると。

与えられた役割を全うすべきだと。

だとしたら、大聖堂に行くのはアルテアガ帝国皇弟としての果たすべき役割だ。

――オレは真実を知るために、出来ることは何でもしようと心に誓った。

39　霊峰黒嶽3

「ザビリア、グリーンにお願いした件だけれど、あれでよかったと思う？」

朝食後、ザビリアとともに草の上に座りながら、私は腕の中のお友達に問いかけた。

つい先ほど、カーティス団長、グリーン、ブルーの3人は霊峰黒嶽《こくがく》の探索に出掛けてしまったので、留守番役の私はザビリアを抱えたまま、グリーンとのやり取りを思い返していたのだけれど……。

結局、グリーンが申し出たままに、魔王の箱の確認を頼むことになってしまった。

彼は問題ないと安請け合いしていたけれど、本当に実行可能なのかしらと今更ながら心配になったのだ。

「グリーンは男気を見せてくれたのよね……」

私は小さな声でぽつりとつぶやいた。

彼はきっと、カーティス団長に断られた私を見て何とかしなければと考え、名乗り出てくれたのだろう。

けれど、グリーンのお家は魚屋か肉屋で、よくても商会のはずだ。

貴族でもないグリーンが、ナーヴ王国の騎士団長であるカーティスですら入室不可能な大聖堂の最奥の部屋へ、一体どうやって招かれようというのだろう。

約束をしてしまったからと、無理をしなければいいのだけれど。

心配して考え込んだ私をちらりと見たザビリアは、興味の薄い様子で返事をした。

「きっとフィーアが考えもしないような伝手《つて》があって、何とかなるんじゃないかな」

「まあ、ザビリアったら！　他人事《ひとごと》だと思って、何て適当なの」

私はグリーンを思い浮かべ、改めてザビリアの発言を考えてみたけれど、大した伝手はなさそうだと結論付ける。

グリーンが言っていた『ちょっとしたお偉い知り合い』とやらが、もしかしたら凄く偉い人なのかもしれないけれど……でも、グリーンには偉そうな知り合いがいるようには見えないのよね。

「グリーンは人に頼らず、何だって自分で突破してきたタイプに見えるから、一人で出来る範囲のことしかできないんじゃないかしら」

そう言うと、ザビリアは同意の印に頷いた。

「うん、フィーアは見る目があるね。僕もそう思うよ。つまり、自分で何とかするんじゃない？」

グリーンには伝手がありそうだ、との前言をあっさりと翻したザビリアを見て、本当に興味がないようねと顔をしかめる。

「でも、相手は大聖堂よ。個人がどうこうできるレベルでは……」

けれど、言いかけた言葉を途中で止める。

ザビリアは人間世界とかかわりのないところで生活しているから、こんな話はつまらないだろうと思ったのだ。

それに、既にグリーンに頼んでしまったのだから、今更あれこれ考えても手遅れよね。

私は気持ちを切り替えると、よしよしと腕の中のザビリアを撫でた。

そもそも相手は、３００年もの間、全く姿を現さなかった魔人たちだ。

今日、明日、突然出現する可能性は限りなく低いだろう。

だから、性急に何事かをしなければならないことはないはずだ。

私は自分の中にある魔人への恐怖を振り払うためにも、そう自分に言い聞かせる。

けれど……

いつの間にか思考が先ほどの会話に戻ってしまったことに気付き、私はふぅとため息をついた。

けれど、……思いもしなかったわ。

まさか、『魔王の右腕』が1紋だったなんて。

思い直してみれば、確かにあの魔人に刻まれていた紋の数は1つだけだった。

紋の数と魔人の強さは比例するから、冷静に考えれば、右腕はそれほど強い相手ではないということだ。

だというのに、私はなぜこれほど右腕を恐れていたのだろう。

殺された相手のため、恐怖が何倍にも膨れ上がっていたのだろうか？

「……そうかもしれないわね。そもそも『魔王の右腕』の紋の数が1つだったことを、ついさっき思い出したくらいだから」

前世の記憶というのは不思議なもので、一度に全てを思い出すわけではないらしい。

大半は最初の数日で思い出したのだけれど、ぽつりぽつりと遅れて思い出される記憶もあるようだ。

だから、今回初めて、『魔王の右腕』が1紋の魔人だったことを思い出したのだけれど、……不思議なことに、右腕への恐怖が減ることはなかった。

魔王を封じてぼろぼろになったところに現れた魔人だから、狡猾で抜け目がないことは確かだけれど、強さ自体は大したことないはずなのに。

――――そう考えても、頭のどこかが否定する。

『いいえ、あの魔人は恐ろしく強い』と。

……けれど、なぜそう感じるのかが分からなかった。

私はまだ、思い出せていないことがあるのだろうか。

そう不安に思いながらも、相手を知ったことで敵の形が見えてきたように思われ、少しだけ安心する。

『残っているのは合計6紋の魔人。……紋なしについては不明。

紋付きのうちの1紋は「魔王の右腕」、もしくは「一紋の右腕」。

もしかしたら、6紋に加えて「十三紋の魔王」が解放されているかもしれない。

――それが全て』

私はほっと息を吐き出すと、大丈夫、大丈夫、と自分に言い聞かせながら、ぎゅうっと膝の上のザビリアを抱きしめた。

グリーンがなぜ、あれほど魔人の情報について詳しかったのかは不明だけれど、――もしかしたら、『ちょっとしたお偉い知り合い』がものすごい情報網を持っているのかもしれないけれど
――カーティス団長の態度から、グリーンの言葉は事実だろうと思わされた。

なぜならカーティス団長は前世で私の護衛騎士をしていたため、大聖女が持つ情報の全てを共有しており、魔人について多くのことを見聞きしていたからだ。

加えて、王国の中枢に位置していたシリウスからも多くの情報を入手しており、私の死後も魔人たちの動向を見てきたはずだから、魔人についての情報量は相当多いはずだ。

そのカーティス団長が否定しなかったということは、グリーンの発言に誤りはなかったのだろう。

……本当は、カーティス団長に色々と聞いた方が手っ取り早くはあるのだけれど、前世での私の

最期の話をした時、団長は泣き出してしまったから。

その際、カーティス団長の心を軽くしようと、魔王と相打ちし、痛みもなく死んでいったと嘘をついたのだけれど、それでも団長はぼろぼろと大泣きしてしまったから。

だから、カーティス団長に魔人の話をすると、私の最期を思い出して再び悲しむように思われ、躊躇ってしまう。

「何にせよ、今回はカーティスに聞かなくても、色々なことが判明したから問題ないわよね」

幾人かの魔人がこの世界に残っていることは予想外だったけれど、それでも絶望的な状況ではないはずだ。

どのみち、これ以上考えても恐怖が降り積もるだけで、何も解決しないだろうから。

だから、今はそれよりも、……と気持ちを切り替えて、ザビリアを見つめる。

「ザビリア、えーと、その……」

けれど、いざ口を開くと、どのように切り出すべきかが分からなくなる。

「どうしたの、フィーア？」

「その、これはただの質問なんだけど、ザビリアはいつまでこの山にいるのかしら？」

きょとんとしたザビリアの表情を見た瞬間、あ、しまった、質問が直接的すぎて、『帰ってきて』と言っているようなものだわと反省する。

ザビリアは王になることを希望しているのだから邪魔をしてはいけないと、あれほど自分に言い聞かせていたのに、ぽろりと本音が零れてしまった。

私は慌てて、誤魔化すための言葉を重ねる。

「ええと、つまり、ザビリアは存在感があると思って！　この山に戻ってきた途端、恐れをなした魔物たちが山から溢《あふ》れ返るなんてよっぽどだわ」

けれど、そう発言したところで、姉さんから頼まれごとをしていたことを思い出す。

「……だから、黒嶽から逃走した魔物たちの対応で、この地の騎士は大忙しらしいの。そのため、できればもう少し逃走する魔物の数を減らしてもらえないか、って砦の騎士からお願いされたんだけど」

ザビリアは面白い話を聞いたかのように、ぴょこりと耳を動かした。

「なるほど。フィーアのお姉さんから頼まれたのなら、何とかしないわけにはいかないね」

「えっ、私は姉さんからの頼みごとだなんて、一言も言ってないわよ？」

ザビリアったら相変わらず鋭いわね！　それとも、これが私と繋がっている恩恵なのかしら、と感心して見つめると、わざとらしい流し目を送られる。

「うむ、予はこの山の王だからな。この山のことなら何でも知っているぞよ」

「まあ、王様復活！　だったら、この憐《あわ》れな私めのお願いを聞いてくださいな」

「フィーアは全く憐れではないけど、お願いは聞くぞよ」

それから、ザビリアは全く想定外のことを口にした。

「じゃあ、魔物流出の根本原因を取り除くことにしようかな。よし、予はフィーアと山を下りるぞよ」

「……へ？」

ぽかんとして口を開ける私をおかしそうに見つめていたザビリアだったけれど、突然、びくりと体を強張らせた。

続けて、何かを探るかのように首を伸ばしたと思うと、全身の動きを止める。

驚いて見つめていると、ザビリアは目に見えて全身を強張らせ、何かに集中する様子を見せた。

そのため、緊急事態が起こったのかもしれないと黙って待つ。

けれど、しばらく経ってもザビリアは静止したままだったので、恐る恐る声を掛けた。

「……ザビリア？」

すると、ザビリアは一拍の間の後、まいったなという様子で首を振った。

「噂をすれば影が差す、って本当だね」

「え？　影？」

言われた意味が分からずに聞き返すと、ザビリアから含みのある表情で見つめられた。

「どうやら、カーティスたち３人が魔人に遭遇したようだよ」

「……っ!?」

驚きで目を見開くと、耳にした単語を繰り返す。

「ま……じん？」

◇　◇　◇

信じられない気持ちで問い返す私に対して、ザビリアははっきりと頷いた。

「魔人といっても大した魔力はなさそうだね。紋なしかな？」

ザビリアは肩を竦《すく》めると、一転してリラックスした様子で体を伸ばした。

「あの3人なら、紋なしくらい何とかなるでしょ」

けれど、私はとてもリラックスするどころではなく、体を硬直させたまま腕の中のザビリアを見下ろした。

「ザ、ザビリア、だって魔人はこの300年間、一度も姿を見せないって……」

「うん、そうだね。ものすごい偶然だよね。3人のうちの一人は、信じられないほど運が悪いんじゃないかな」

「や、そう、でも……」

慌てふためく私の腕の中でゆったりと横になっていたザビリアだったけれど、不意にぴくりと耳を動かした。

「あれ？」

それから、寝そべっていた体を起こすと首を上げ、探るような様子で遠くを、……目には見えないほどの遠くを探っていたかと思うと、突然、自分の体にぴしりと尻尾を打ち付けた。

してやられたといった様子で小さくため息をついたザビリアは、感心したように言葉を続けた。

「凄いな、魔力量をコントロールしているなんて。訂正するよ、フィーア。相手は紋付きのようだ。ふふ、これは相当だね」

魔物の本能なのか、その強さを感じ取ったザビリアが楽しそうに笑う。

けれど、私には状況を楽しむ余裕なんてなかった。

カーティス！　グリーン！　ブルー！

魔人に対峙しているであろう3人が心配で、瞬時にして心臓が早鐘を打つ。

ああ、どうしてよりにもよってあの3人は、300年間姿を現さなかった魔人と出遭うのかしら！　しかも、紋付きですって!?

ザビリアの言う通り、ものすごく運が悪い人物が一人は交じっているはずよ！　あるいは3人全員かしら!?

胸元をぎゅっと押さえてそう考えたけれど、でも、と300年前を思い出す。

そうだわ、カーティス団長は前世の護衛騎士時代、紋付きの魔人と対峙したことがあったわ。

だから、魔人の強さも立ちまわり方も分かっていて、自分がどう対応すべきかを理解しているはずよ。

少しでも安心できる要素を探し出し、希望的観測を抱こうとしたけれど、そう簡単な話でないことは分かっていた。

紋付きの魔人が相手であれば、一手間違えただけで取り返しのつかないことになるからだ。

だから、あの3人は一手も間違えてはいけないのだけれど、3人のうち2人は魔人と対峙したこと自体が初めてだ。

分が悪すぎる……

私は唇を噛み締めると、縋《すが》るようにザビリアを見つめた。

「ザビリア、……3人のもとに案内して」

魔人への恐怖で聞き取りにくいほど声がかすれたけれど、ザビリアには伝わったようだった。

にもかかわらず、私の顔色の悪さを見てとったザビリアは、諭すような声を出す。

「フィーア、あの3人ならば自力で上手く逃げ出すんじゃないかな。もしかしたら、腕の1本や2本は失うかもしれないけれど、命を落とすことはないだろう。だから、フィーアはここで3人を待つのが得策だと思うけど？」

そして、回復魔法で3人を治してやるといいよ、とザビリアは続けた。

ザビリアにとって、最優先するべきは私の安全だ。

私以外の者を気に掛けたとしても、私の安全と秤《はかり》にかけた瞬間、優先順位が目に見えて下がる。

その上、私が魔人に対して恐怖を感じていて、普段通りの立ち回りができないことを理解しているため、ますます魔人に近寄らせたくないであろうことは理解出来た。

けれど、魔人と対峙している3人を放置する、という選択肢を取れるわけがない。

「ザビリア、私は行くわ！」

「うん、分かっていた」

ザビリアは諦めた様子で間髪《かんはつ》いれずに頷くと、空を見上げた。

それから、一瞬にしてぐんと大きくなり、見上げるほどのサイズに戻る。

見惚《みほ》れるほどに大きく美しい黒竜は身を屈めると、ばさりと翼を広げた。

「乗って、フィーア。あなたの気持ちを尊重して、できるだけ急ぐよ。空間を切り裂いて移動するから、落ちないように掴まっていてね」

【挿話】紋付きの魔人

「この山は見た目と異なり、多くの植物が育っているんだね」

ブルーは木の枝から垂れた蔦《つた》を手に取ると、意外そうな口調でつぶやいた。

前を歩いていたグリーンとカーティスが足を止め、ブルーを振り返る。

――――３人は黒竜の縄張りである頂上付近から山を下り、黒嶽の様子を見て回っている最中だった。

朝食後、カーティスが黒嶽の探索に出掛けると言い出したところ、「オレも」「私も」とグリーンとブルーが同行を希望したため、結局は３人で出掛けることになったのだ。

まだ朝と言える時間帯に、しんとした山の中をあちらこちらと歩き回る行為は、非常に気持ちがいいものだった。

黒竜の管理が行き届いているのか、この場所にくるまで魔物が出ることもなく、３人はゆったりと周りの様子を観察しながら、思い思いの行動を取っていた。

カーティスはブルーの好奇心に満ちた表情を目にすると丁寧に答える。

「そうだな。しかも、普段目にしないような植物が多い。恐らくこの山特有の黒土が影響して、独自の植生を築いているのだろう」

カーティスは珍しい植物を少しずつ手折っては、背負ったバッグに入れていた。

慣れた手つきで同じ作業を繰り返すカーティスの姿を、グリーンとブルーが物問いた気に見つめる。

そのことに気付いたカーティスは、手を止めると2人の疑問に答えた。

「フィー様は薬草に興味があるので、珍しそうな薬草を見つけたら採取して持ち帰ることにしている。そうは言っても、私はそれほど薬草に詳しくないため、採取した植物の多くはただの雑草かもしれないが」

「「なるほど！」」

カーティスの言葉を聞いたグリーンとブルーは、競うように目に付く植物を手折り始めた。

けれど、この2人は明らかに薬草とそれ以外を識別出来ていない様子で、カーティスよりも雑草の交じる確率が高いようだった。

一通り周りの様子を確認したり、薬草らしき植物を採取したりした後、3人は座り心地のよさそうな岩に腰を下ろした。

意外にも快適な時間だと感じており、そのことに3人とも驚いていた。

最も大事に思っているものが同じというだけの繋がりなのに、王都からこの山まで旅をしてきた短い時間で、理解できたことがあったようだ。

たとえば高位者でありながら自己顕示欲が強くなく、出しゃばることはないけれど、能力と身分の使いどころを知っていて、ここぞという時には自ら役務を買って出る人物たちなのだなとカーティスは考えた。

一方、思慮深く能力も高いが、フィーアを補助することに全力を傾けている傑物だなとグリーンとブルーは考えた。

互いの行動から相手のひととなりを推測した結果、互いに受け入れることができるほどには申し分のないものだったらしい。

そして、そのような心情は自然と態度に表れるもので、いつの間にか気軽い様子で会話が進んでいた。

互いに認め合い、仲間として受け入れたと感じていたその時、――――ちょうどブルーが楽し気な笑い声を上げたところで――――じゃりと近くの小石が踏みしめられる音がした。

瞬間、全員が弾かれたように顔を上げる。

そして、音がした方向に顔を向けると、その音の発生源を見つめた。

「こんにちは」

立っていたのは、村娘風の黄色いワンピースを着用した15歳くらいの少女だった。

肩までの黒髪に黒い瞳をした少女が、籠《かご》を手に持ち笑みを浮かべている。

「「「…………」」」

一見どこにでもいる少女のようであったけれど、誰一人返事をしなかった。

それどころか、視線を逸《そ》らさないまま座っていた場所から立ち上がると、佩《は》いた剣、もしくは斧に手をかける。

なぜならあまりにも状況が不自然すぎたからだ。

この山は黒竜が治める、多くの凶悪な魔物が棲む場所だ。

そんな山に年若い娘が一人で入山し、無事でいられるはずもない。

加えて、相手が何者だとしても、5メートルほどの距離まで近付かれて気付かない3人ではない。

そのため、全員が用心深い表情で、今ある距離を保とうとしていた。

少女が一歩進めば、同じ距離だけ後ろに下がる、というように。

「ありゃー、もしかして私は用心されているのかな？」

少女はくるりと目を回すと、肩口で切りそろえられた黒髪を揺らした。

「でも、どうして？　私はふつーの可愛いこちゃんなのに。そんなに酷《ひど》い扱いをすると、泣いちゃうよー」

えーん、えーんと明らかに泣きまねをするその様子に、肌が粟立《あわだ》つほどの恐怖を覚える。

カーティスは瞬きもせずに少女を見つめると、簡潔に質問した。

「黒髪黒瞳――――魔人か？」

カーティスの言葉を聞いた瞬間、横に並んでいたグリーンとブルーは衝撃を受けて体を強張らせる。

けれど、２人は余計な言葉を一言も発することなく、得物を握る手に力を込めた。

一方、少女は両手で顔を覆う泣きまねのポーズのまま、くぐもった声を出す。

「ひどい、ひどい。初対面の女の子に向かって魔人だなんて、お兄さんモテないでしょー。というか、今時髪と瞳が黒いから魔人だなんて、古い考えだなー」

カーティスは間合いを保ったまま、淡々と答える。

「だが、間違いではない。魔人は自分の色に誇りを持っているため、色を変えないからな」

「ふーん。……でも、今は黒色が流行《はや》りなんだよ。お金さえ払えば、どんな色にでも染めてくれるんだから」

そう言いながら、少女は顔を覆っていた両手を外すと、馬鹿にするような表情で見つめてきた。

「まあ、どれほどお金を払ったとしても、こんな綺麗な黒は再現できないけどね」

それから、少女は一筋の髪を指に巻き付ける。

「うふふ、だから、お兄さんはー、『見たこともないほど綺麗な黒髪に、ぴっかぴかの黒い瞳だね。綺麗だね。素敵だね。凄いね。――――魔人か？』と言うのが正解だったのになー」

少女はわざとらしい流し目を送ると、無言で立ち尽くす３人に、にこりと微笑《ほほえ》みかけた。

「だけど、そう問われても私は否定するけどね。『人間だよ。魔人は全て封じられたじゃない』ってね。そうでしょう？」

少女は両手をひらひらと振ってみせると、その手で自分の頭をぴたぴたと押さえつけた。

そうすることで、頭頂部から側頭部にかけたラインを示す。

「ほーらね、角がない。魔人じゃありませんよー」

それから、少女はカーティスに視線をやった。

「あれー？　これだけ言っているのにどうして信じてもらえないのかな？　お兄さんってば、その殺気は不味《まず》いでしょう。どんどんと私を殺す気分になっているじゃない。えー、山の中で女の子を殺したいタイプなの？　怖っ！　死体を森の中に埋めて、証拠隠滅まで一気にできるかもーって思っているのかもしれないけれど、いくら山の中だからって殺人はまずくないかなー？」

挑発のような言葉を浴びせられたカーティスは、沈黙を保ったまま少女を見つめていた。

一見すれば普段通り冷静な様子に見えたけれど、剣の握り部分を摑んでいる手は白く変色しており、何事か激しい感情を抑え込んでいることが見て取れた。

普段は穏やかな瞳も、相手を殺さんばかりに激しい色を浮かべている。

その今にも飛びかかりそうな雰囲気を感じ取ったグリーンとブルーは、状況を把握できないながらも、冷静さを促すような声を掛けた。

「カーティス、分かっているだろうが殺人は重罪だ。……そして、不自然なことも確かに多いが、オレにはこの少女が人間に見える……」

「300年もの間、魔人は一度も姿を現していない。だから、滅多なことでは遭遇すると思えない……」

けれど、2人ともに『人間だ』と断定できる確証は持っておらず、語尾がかすれた。

何より、これまでのカーティスの言動から、その優秀さを十二分に把握しているため、自分たちでは感知できない何かを感じ取っているのかもしれないと思わせられたからだ。

その結果、2人はカーティスを制止させることもできず、何かあった時に動けるようにと、緊張した様子でカーティスと少女の双方に視線を動かし続けていた。

一方、カーティスは心の内に渦巻く激情を抑えつけ、少女を睨みつけていた。

「黒髪黒瞳でこの魔物だらけの山に一人で踏み入るなど、魔人だと断定するには十分な材料だ。

――誤りであったら、貴様の墓に詫びよう」

その言葉とともに、カーティスは腰に佩いていた剣を抜くと、そのまま少女に斬りかかった。

素早く流れるような動作だったためか、少女は動くこともできず、カーティスを見つめたまま立ち尽くしていた。

ずしゅり、という肉を裂く音とともに、カーティスの剣が少女の左胸に突き刺さる。

――瞬間、少女の胸から血しぶきが飛び散り、その血は剣を突き刺したままのカーティスを汚した。

少女が手に持っていた籠がころころと転がり、中身が飛び出る。

「「カーティス!!」」

グリーンの目にも、ブルーの目にも、カーティスが無抵抗の少女に剣を突き立てたように見えた。

2人の叫び声がこだまする中、少女はごぽりと口から血を吐くと、大きく痙攣《けいれん》したはずみで顔を天に向け、そのまま白目をむいた。

しんとした沈黙の中、グリーンとブルーの乱れた呼吸音だけが響く。

数秒間、少女はそのままの姿勢で静止していたけれど、――――突然、瞳だけがぐるりと回転し、再び黒目に戻った。

グリーンとブルーが目を見開く中、少女は顔を起こすと、焦点の合わない瞳でひたりとカーティスを見つめる。

「あー？　ほんとに斬りかかるんだ。さすがに予想外だったわ。あーあ、これ致命傷だなー。私、死んだわ」

ひどいひどいと少女はつぶやいた。

それから、カーティスをなじる。

「いやー、これだけのことをやって顔色一つ変えないお兄さんこそ、人でなしだわー。私が魔人であるって確信がないのに斬りかかるなんて、正気じゃないよ。うん、人でなしだねー。人間じゃあないわ」

それから、少女はガラス玉のような感情のこもらない目でカーティスを見ると、吐き捨てた。

「この、人殺し」

◇　◇　◇

「お前は、人では、ない」

少女から誹《そし》られたカーティスは、食いしばった歯の間から一語一語句切るように言葉を吐き出した。

胸に大きな剣を突き刺されたままの少女は、そんなカーティスを馬鹿にしたように見やる。

「もちろん、人間だよー？　角はないし、血は赤い。ほーら、奇跡的にまだしゃべれるけれど、心臓を刺されたから、もうすぐこと切れるよ。あーあ、短い人生だったなー。思い残したことしかない」

それから、少女は胸に突き刺さったままの剣に視線をやると、まるで枕ででもあるかのように頭をのせた。

「ふー、いよいよ疲れてきた。最期の時がきたのかな。……そこの2人のお兄さんたち、私がこの水色の髪のお兄さんに殺されたことはきちんと領主様に報告してね。ああ、……走馬灯が……」

その言葉を最後に少女はしばらく沈黙していたけれど、再び口を開く。

「……うあー、時間が掛かるな。……300年分を振り返るのは、骨が折れるよねー。っと、しゃべりすぎか。……ぴぴぴぴ」

少女は鳥の鳴き声のような声を出すと、剣に乗せていた頭をむくりと起こし、胸に刺さった剣を指差した。

「ねえ、もう結構な血が流れたから、さすがに私は死んだはずだよ。だから、この剣を抜いてもらえないかな?」

けれど、力を込めて剣を握った様子のカーティスが一言も答えない様子を見て、何かに思い当たったように問いかける。

「あれ? 抜けないの? いよいよ死後硬直が始まったのかな。ああー、ということは、私は完全に死んじゃったね。はい、死亡確定。そして、人殺しの出来上がりー」

それから、少女は大きく足を後ろに踏み出すと、一歩下がることで、ずるりと体から剣を引き抜いた。

同時に、剣を持ったカーティスが後ろに飛び退《すさ》る。

栓代わりになっていた剣が抜けたことで、少女の左胸からどくどくと勢いよく血液が溢れ出した。

けれど、その色はすぐに赤から黒に変化した。

少女が無造作に片手で胸元を拭うと、手のひらにべったりと黒い液体が付いてくる。

その色を見て、少女はにやりと唇を歪《ゆが》めた。

「ああー、刺されてから時間が経ったから、血液が変色したみたいだねー。ぴぴ、ぴ、真っ黒い血だなんて、まるで人じゃないみたい」

それから、おかしそうに声を上げて笑い出す。

「ぴぴ、ぴ、ぴ、ぴ、ぴ、ぴ、……………」

その奇妙な笑い声に不吉なものを感じ、３人はさらに一歩後ろに下がると、間合いを広げた。

その姿を見て、少女はさらに笑い続ける。

「ぴぴぴ、ぴ、ぴ、ぴ、ぴ、ぴ、ぴ、ぴ、ぴ、ぴ、ぴ……………」

少女が笑い声を上げながら、穴があいていた胸元をぐっと摑むと、驚くべきことに、みるみるうちに傷が塞がっていった。

少女は愉快そうに塞がった胸元を見下ろすと、手に付いた黒い液体をべっとりと自分の頬にこすりつける。

「ぴぴ、ぴ、私の笑い声は気にしないでね。初めに暮らした家族がくそったれだったから、３秒で皆殺しにしたんだけど、しばらくはその家の中に籠っていたんだよねー。人間はみーんな殺しちゃったから、家の中には飼われていた鳥しか残っていなくって。だからさー、『三つ子の魂百まで』ってやつ？」

少女は手に付いた黒い液体をぺろりと舐めた。

「言葉を覚えるべき最初の時期に一緒にいたのが鳥だったから、笑い声が鳥みたいになっちゃったんだよねー。ぴぴぴぴ、だからかな？　皆から、『鳥真似』って呼ばれているんだよ。安直でしょう？」

顔を上げた少女の黒目部分が広がっていた。

白目の部分がほとんどなくなっており、人間の顔の基準から外れすぎていて違和感を覚える。

そのため、少女の姿を目にした3人の背筋を、ぞくりとした悪寒が走った。

どくり、どくりと激しく脈打ちだした心臓を意識しながら、グリーンが禁書の中で目にした単語をつぶやく。

「鳥真似だと？　お前は、……魔王が封印された際に姿を消した魔人のうちの一人、『二紋の鳥真似』か？」

少女は目を細めると、ミルクを前にした猫のような表情で笑った。

「……ご名答。300年間姿を現していないのに、正しく呼ばれるとは光栄だな」

◇　◇　◇

魔人が自分の存在を肯定した瞬間、その頭上に禍々《まがまが》しい2本の角が現れた。

グリーンとブルーははっと息を呑むと、一歩後ろに下がる。

魔人に対する適切な間合いが不明だったため、無意識に行動した結果ではあったが、別の見方をすると、魔人の迫力に押されたのだとも言えた。

ゆらりと立つ魔人は初めに現れた時と同じく、その場の誰よりも小さい体のままだというのに、突然質量が変わり、全く別のモノになってしまったかのような圧力を感じさせる。

それはまるで、目には見えない力が魔人から溢れ始めたような感覚だった。

魔人の黒髪は肩までしかなかったはずなのに、いつの間にかずるりと腰まで伸びている。

黄色であった服も、魔人の黒い体液を浴びたためか、大部分が黒色に染まっていた。

「ぴぴぴぴぴ、ぴ、ぴ、ぴ、ぴ、ぴ………」

異様な雰囲気にのまれ、無言になった3人の前で、魔人が奇妙な声で笑い始めた。

笑いながら魔人が片手を上げ、黒い血で汚れた頬を拭うと、その下から2つの紋が現れる。

それらの紋はそれぞれが鳥の羽のような形をしており、2つ並ぶことで1羽の鳥を連想させた。

「ぴぴぴ、ぴ、ぴ、ぴ、ぴ、ぴ、ぴ、ぴ、ぴ………」

グリーン、ブルー、カーティスの3人は武器を手に持つと、完全なる臨戦態勢で魔人に向き直った。

圧倒的強者を前にした時の感覚が体中を襲い、緊張のために指先がびりびりと痺れる。

グリーンとブルーは初めて魔人と対峙したにもかかわらず、感覚で理解していた。

――一手でも誤れば、この場で絶命するだろうと。

なぜならこちらを見る魔人の目は、全く感情を映し出していなかったから。

人間の姿に擬態していた時の表情と同じで、この魔人は人間の感情を一切なぞっていない。

それらしき表情を選び取り、模倣しているだけだ。

恐らく魔人は、喜怒哀楽といった人間と同じ感情を持ち合わせていないのだろう。

そのため、感情を理解することができず、模倣しか出来ない。

結果、魔人は感情に縛られることなく、何の躊躇《ちゅうちょ》も執着もなく、簡単に人間の命を刈り取ることができるのだ。

高い戦闘能力に加えて、一切惑うことがない鋼の精神。

——魔人が最強の種族だと恐れられる理由がここにあった。

魔人は笑いを収めると、白目がほとんどない目で3人を見つめてきた。

3人が3人とも、自分が見つめられていると思われるような特殊性を持った真っ黒な目で。

「あーあ、お兄さんに殺されたせいで、人間終わっちゃったな。でも、そうしたら、ここにいる私は何になるのかな？　ぴぴぴ、何か怖いものに生まれ変わっちゃったのかな？　ぴぴぴぴ、私を殺したりするから自業自得だね」

魔人は一切用心しない様子で、一歩足を踏み出した。

さらに、もう一歩。

「ねえ、私は何だと思う？　夜の闇よりも黒い髪を持ち、完全なる絶望を意味する黒い瞳を持つ私は？　頭上に選ばれし者であることを証する角を与えられ、さーらーに、2匹の魔人をぶち殺して得た2つの紋を持つ私は？」

そう言うと、魔人は顔の前に落ちてきた自分の黒髪を後ろに払った。

「ほら、久しく呼ばれなかった私の二つ名を、もう一度呼んでみたら？　――――返事を、するよ？」

「二紋の鳥真似」

挑発されるがままに、カーティスが魔人の名前を呼ぶ。

「ああ、本当にその名を呼ばれるのは久しぶりだな！　……うん、何だい？」

「これから、お前を眠らせる」

「……おや？」

鳥真似が用心深そうに目を細めた。

「殺すではなく、眠らせるんだ？　……ふうん」

尋ねるような言葉だったけれど、カーティスに答える様子がないことを見て取ると、鳥真似は指を突き出した。

「ところで、後学のために教えてほしいんだけど、どうして私を魔人だと思ったのかな？　自慢じゃないけど、ここ100年ほどは誰からも疑われなかったんだけど」

「…………」

カーティスが答えるつもりはないといった様子で唇を引き結ぶと、それを見た鳥真似がため息をつく。

「お兄さんは賢いよね。どんな言葉がヒントになるか分からないからって、一切口を噤《つぐ》むんだもん。色々私に言いたいことがあるだろうにねー。……でも、目は口ほどに物を言う、って諺《ことわざ》があってね。その目、びっくりするほど私を憎んでいるよね。肉親を魔人に殺された連中がそんな目をしていたけど、この300年の間はどんな魔人も表立って諍《いさか》いを起こしていないよね。ということは、その感情はどこからきているのかな？」

「………………」

それでも返事をしないカーティスに対し、鳥真似は称賛の意を込めて片手を振った。

「ぴぴぴ、これでも口を開かないんだ。すごい精神力だね。それだけ感情を抑えられたら見事だよ」

けれど、鳥真似が褒めたほどには、実際のカーティスは冷静でないようだった。

それを証するように、カーティスはゆっくりと震えるような息を1つ吐いた。

それから、無言のまま剣を構える。

「……へえ、向かってくるんだ。そこは逃げる一択だよ？　ほら、さっき教えたよね。私の体に剣を刺したら、私がちょっと筋肉を引き締めるだけで、ひ弱なお兄さんごときでは抜くこともできないって。武器を失うよ？」

それでも口を開かないカーティスに対して、鳥真似は大きく手を広げた。

「ここまで言っても試してみたいならどうぞ？　……ああ、私の肉体は先ほどまでの脆《もろ》いものとは違うからね」

それはどこから見ても鳥真似の安い挑発だったけれど、カーティスは無言のまま魔人に走り寄ると、力を込めてまっすぐに剣を持った腕を突き出した。

その剣は正確に鳥真似の心臓を狙っていたけれど、鳥真似がわずかに体を捻ったことで、その肩に刺さる。

「「カーティス！」」

まさかカーティスが挑発に乗るとは思わなかったようで、グリーンとブルーは驚いたような声を上げると、武器を手に持ち彼の左右に展開した。

そんな3人の様子を見ながら、鳥真似がおかしくてたまらないといった様子で笑い声を上げる。

「ぴぴぴぴぴ、お兄さんは真面目と言うか愚直だね！　真に愚かなタイプだ！　私にかすり傷を付けることと引き換えに、武器を失うなんて」

けらけらと馬鹿にした様子で笑っていた鳥真似だったけれど、カーティスは気にした様子もなく、鳥真似に刺さったままの剣を見つめた。

「《身体強化》攻撃力2倍！」

「……え？」

驚きに目を見張る鳥真似に構うことなく、カーティスは剣を握った手に力を入れると、ずるりとその体から引き抜いた。

それから、もう一度剣を構える。

鳥真似は馬鹿にした笑いを一瞬にして消すと、初めて自分から一歩後ろに下がった。

「……へえ、何ソレ。そういうのはずーっと昔、赤髪の聖女サマとともになくなったと聞いていたけれど？　ホント………何ソレ」

「貴様が知る必要はない」

静かな激情を込めてカーティスがそう言い放った瞬間――――天が割れた。

青空に突然、剣で切ったような一線が斜めに入ったかと思うと、その線から上下に広がる形で異なる空間が広がり、青い青い空が現れる。

そして、その中から、大きな翼を広げた黒い竜が悠然と現れた。

上空から降りてくる黒竜の鱗が、太陽の光を反射してきらきらと輝く。

ゆっくりと舞い降りる黒竜の背にいたのは、３人がこの場に一番いてほしくないと願っていた人物だった。

「フィー様！」

「「フィーア！」」

そのため、黒竜からひらりと飛び降りる赤い髪の少女を見つめる表情にも、その名を呼ぶ声にも、――３人ともに苦渋の響きが混じっていた。

40　二紋の鳥真似

ザビリアがふわりと降り立ったのは、カーティス団長たちの後方20メートルほどの場所だった。

魔人が出現したと聞いた時から激しく拍動し続けている心臓部分を服の上から押さえると、素早く周りを見回す。

視界の先に、黒髪の少女と向かい合っているカーティス団長と、その後方で身構えているグリーンとブルーが見えた。

3人ともきちんと自分の足で立っていて、負傷している様子が見受けられなかったため、安堵のあまり詰めていた息を吐き出す。

……ああ、よかった。魔人に出遭ったと聞いたので、大怪我《おおけが》をしているのではないかと心配していたけれど無事だわ。

慌てて走り寄って行くと、近付くにつれて少女――――のように見えたモノの姿がはっきりと確認できるようになる。

それにつれて、落ち着きかけていた心臓がどくりどくりと再び速度を上げて拍動し始めた。

魔人――……？

７割の確信と３割の違和感を覚えながらカーティス団長の近くまで走り寄った私は、彼の隣で足を止めた。

目の前５メートルほどの位置に立つ魔人らしき存在に視線を定めると、無言のままその姿を凝視する。

「…………」

頭から２本の角を生やし、白目部分がほとんどない目でひたりとこちらを見つめてくる容貌は典型的な魔人の姿だったけれども、――その表情に、身に着けている服に違和感を覚える。

魔人は、目にした瞬間に魔人だと分かるような――表情のない整った美貌に、独特の模様が入った真っ黒い服を着用していたはずだ。

私は前世の記憶の中から、魔人に関する情報を必死でかき集める。

魔人は人と全く異なる存在だ。

だからこそ、外見的な特徴が人と類似していたとしても、一目でそれが魔人だと見抜くことができた。

だというのに、目の前の魔人は、魔人特有の凍り付いたような無表情ではなく、口角を上げて笑顔らしきものを作っていた。

着用している服も一見黒に見えるけれど、その端々から元の色であろう黄色が覗いている。

……頭の角さえなければ、まるで人のようにも見える姿だった。

目の前の存在をどう考えてよいか分からず、ぐっと唇を噛み締めていると、楽し気な声が掛けられた。

「おやおや～、確かにここは黒竜の棲み処だけど、私一人を歓迎するために空間を移動して来るなんて、よっぽどだねー。ぴぴぴ、私は手厚くもてなされるのかなー？」

「……っ！」

その言葉を聞いた瞬間、嚙み締めていた唇の隙間から声にならない声が漏れ、ぞわりと得体の知れない気持ち悪さが背筋を這い上ってきた。

恐怖と驚愕《きょうがく》で、これ以上ないというくらい目を見開いた私の唇から、震える言葉が零れる。

「………しゃ、べっ、た」

私の言葉を聞いた魔人は、不満気な表情をした。

「やだなあ、私はどれだけ頭が悪いと思われているんだ？　もちろん、人間ごときの言葉、簡単に真似できるよ」

だけど、だけど、だけど！

魔人は自分たちが最上の生物だと信じているから、まず滅多なことでは彼らの言葉以外は使用しないはずなのに。

少なくとも目の前の魔人が口にしているような、内容的に意味のない言葉を、私たちの言葉で発することなんてあり得ないはずなのに。

目の前の状況に理解が追い付かず、目を見開いて凝視していると、魔人は考え込むかのように片手を額に当てた。

その仕草ですら人間を模しているように思われ、魔人はこのような振る舞いはしないはずだと強く思う。

「ああー、そういえば、最後に姿を見せていた300年ほど前までは、どの魔人も人間の言葉をほとんど発していなかったかな？　ああ、なるほどー。だから、魔人は魔人の言葉しか話せないと思い込まれていたんだね」

魔人は納得した様子で頷くと、口の中で何事かをもごもごとつぶやく。

「……まあ、種族としての方向転換だよね……上意下達というか……」

それから、魔人は気分を変えるかのようにひらひらと片手を振ると、興味深げな様子で私に視線を合わせてきた。

「ぴぴぴ、すごい赤髪だね。こんな鮮やかな赤は初めて見た。まるで、……300年前のお姫様みたいだね？」

そう言いながら、じっと私の赤い髪を見つめる。

「……に、…………れた、幸せなお姫様」

魔人は聞きとれないほどの小さな声でつぶやくと、唇を歪めた。

「まあ、何にせよ、全員ここでさよならだね。私の姿を見た者を、そのまま帰すわけにはいかないんだよ。なかったことにしないとね」

そう言うと、目の前の魔人はまるで人間であるかのように、にやりと笑った。

否、笑ったような表情を作った——けれど、その笑いは瞳まで届いておらず、凍えたような光を宿していた。

……300年は長い。

聖女の回復魔法が劣化したように、精霊が姿を見せなくなったように、大きく変化したものが幾つもある。

そして、その変化は魔人にも表れたのだ。

そもそも魔人は人を避け、深い森や高い山に城を築いて棲んでいたはずだけれど、目の前の魔人は人を避けていたようには見えなかった。

なぜならこれほど人間に近い言動を模すことができるのだから。

この個体が特別なのか。

あるいは、残った魔人の幾人かが——もしくは、全てが人の中に交じっているのか。

「……まさか、そんなことはないはずよ。全然違う生き物だもの。近くにいて、気付かないはずがないわ」

ふと気付いたら隣に忍び寄られていたような恐怖を感じたため、振り払おうと声に出す。

それから、落ち着くために目を瞑ると、いち、に、さんと心の中で数えながら深い息を吐いた。

そして、ゆっくりと目を開くと、倒すべき者だと考えながら、再び魔人を見やる。

角を生やした異形の姿を。

人を模しているようで摸しきれていない、酷薄さが露《あらわ》になっている魔人の姿を。

……やっぱり怖いな。

目の前にいる魔人は『魔王の右腕』とは別の魔人で、強さだって能力だって異なっていると分かっているのに、頭の先から足の先まで痺れたような感覚が走る。

黙ったまま自分の中の感情と闘っていると、一触即発の状態だというのに、カーティス団長が剣を持っていない方の手でぎゅっと私の手を摑んできた。

「フィー様、もしよろしければ下がっていてください。この『鳥真似』はせいぜい2紋の魔人です。あなた様の手を煩《わずら》わせるまでもありません」

カーティス団長に手を握られたことで、彼の手の温かさを意識し、自分の手が緊張のために冷たくなっていることに気付く。

……ああ、やはり体が恐怖を覚えていて、普段通りの状態を保てていない。

この状態で、私はこの3人とザビリアを守り切れるのだろうか。

不安要素を測り切れず、思わずカーティス団長に声を掛ける。

「だ、ったら、……この場は引きましょう。封じる『箱』もないし、必ずしも今戦わなければいけないわけではないわ」

この魔人は私が聖女であることを知りはしない。

だから、ここで退避しても大きな問題はないはずだ。

そう考える私に対し、カーティス団長ははっきりと反対意見を述べた。

「……お言葉に反して申し訳ありませんが、私は以前、今後魔人を目にしたならば、一人たりとも逃がさず封じることを誓いました。私は私の誓いを破ることはできません」

――カーティス団長の方針は、基本的に間違っていない。

魔人は総じて好戦的で知能が高い。

自分の城を構え、多くの魔物を従え、自分の欲望のままに行動するから、個体によっては人に甚大な被害をもたらす。

あるいは、魔人は気まぐれで移り気だから、ささいなことがきっかけで、これまで無害だった魔人が突然、人に対して害悪をもたらし始めることがある。

だから、目にした途端に封じるのが正解なのだけれど、――それは、十分に勝算がある場合のみだ。

そうでなければ、こちら側が大きな被害を受けるし、経験を与えることで、魔人は聖女との戦い方を覚えてしまう。

それに、魔人と遭遇するとは思いもしなかったから、――想定もしていなかったから、そもそも封じるための『箱』を手元に持っていなかった。

そのことを理解していないカーティス団長ではないだろうに、全く引く様子がないことから、冷静に見えるけれど実際は頭に血が上っているのかもしれないと思う。

そのため、思い出させようと言葉を続けた。

「カーティス、最近のことは分からないけれど、でも、これまでの生態から考えると、魔人は個人で別々に暮らしていて、互いに関わり合いはないはずだわ。だから、封じてしまえば、この魔人が姿を消したことに他の魔人は気付かないはずよ。けれど、倒してしまったら……その瞬間に、全ての魔人がこの魔人の消滅に気付くわ」

そして、そのことによって、魔人を倒せるほどの存在がいることを知らしめる事態になることは、カーティス団長だって避けたいはずだ。

そう思いながら見上げると、カーティス団長は握っていた指先に一瞬力を込めた後、すっと離した。

「フィー様、そのことについては問題ありません」

◇　◇　◇

カーティス団長の真意を確認しようと彼の様子を確認すると、普段通りの表情で頷かれた。

もしかしたらカーティス団長は冷静さを失っているのかもしれないと心配したけれど、どうやら杞憂だったようだ。

そして、彼が問題ないと答えるのであれば、実際にそうなのだろうと了解の印に頷く。

魔人は人の言葉を解する。

そのため、考えを読み取られないためにも、カーティス団長も私もこれ以上発言すべきではないと考えたからだ。

私は数歩後ろに下がると、震えている両手を見つめた。

――――私に何ができるかしら、と考えながら。

その間にカーティス団長は剣を構えると、全く躊躇いのない態度で魔人に向かって行った。

カーティス団長の両脇には、得物を構えたグリーンとブルーが位置し、同じように歩を進める。

魔人は好戦的な表情で中央に位置するカーティス団長を見つめると、にやりと口の端を持ち上げた。

同時に、魔人の長い髪の先が、まるで生き物であるかのようにぐんっと持ち上がる。

それから、魔人の髪はいくつもの束に分かれると、突き刺すためにカーティス団長目掛けて伸びていった。

――――魔人は、体の一部を武器に変える。

それは髪だったり腕だったりと、魔人によって部位は異なるけれど、いずれにしても実際の剣や斧より強度がある。

そのため、防ごうと武器で受け止めても、通常であれば折れてしまうものだ。

けれど――カーティス団長の剣はそれらを全て捌《さば》くと、魔人の髪を撥《は》ね返した。

がきん、がきん、と重いものを弾き飛ばす時の重厚な音が響く。

その音を聞いた瞬間――カーティス団長が剣を持って魔人と戦う姿を見た瞬間――頭の中がすっと冷えたような感覚に襲われた。

――私は一体何をしているのかしら。

喉元に剣を突き付けられたような、ひやりとした感覚とともにそう思う。

騎士に助力することなく、戦場の真ん中で突っ立っているなんて、……それでも私は聖女なのかしら。

私が立ちすくんでいる間に、カーティス団長は怪我を負うかもしれない。

その怪我が原因で魔人に恐怖を覚え、足が竦み始めるかもしれない。

騎士にそのような経験をさせることなど、聖女としてあってはならないことだというのに。

私はぐっと唇を噛み締めると、魔人と渡り合っているカーティス団長を見やった。

彼が魔人の髪を撥ね返したことからも分かる――カーティス団長は自分自身で身体強化の術をかけているのだ。

あれほど立派な騎士に対し、私は聖女として助力をしないつもりかしら。

心の中で自分自身を叱責《しっせき》すると、私は真っすぐに「二紋の鳥真似」を見つめた。

背が低い女性型の、人間に似た表情を浮かべている魔人の姿を。

……ほら、「魔王の右腕」とは全く別の魔人だわ。

あの魔人はもっと大きかったし、その顔に感情が浮かぶことはなかったのだから。

そう考えた瞬間、ぴたりと体の震えが収まった。

視界がさあっと開けてくるとともに、体中に研ぎ澄まされたような感覚が戻ってくる。

そして、同じタイミングで、ふっと空気を吐き出すようなかすかな音が真後ろで聞こえた。

その音がザビリアの吐息だと理解した私は、ほわりと心が温かくなる。

「……心配してくれてありがとう、ザビリア。落ち着いたわ」

振り返ることなく、前をみつめたまま小声でお礼を言う。

私とつながっていることで得る能力なのか、ザビリアは私の混乱状態を把握したのだろう。

そして、私を守護するため、すぐ後ろに位置してくれていたのだ。

――――本当に素敵な仲間たちだ。

カーティス団長は私に負担をかけまいと、私の手を煩わせるまでもないと言い置いて、躊躇することなく一人で魔人に向かって行くし、グリーンとブルーは相手の力量が不明にもかかわらず、カーティス団長を補助しようと動く。

そして、ザビリアは私の気持ちを尊重して自由にさせながらも、黙って守護してくれているのだ。

私はふーっと、ゆっくり息を吐き出した。

落ち着いてくると、自分がいかに動揺しており、普段通りの行動ができていなかったかが分かる。

カーティス団長を目にした瞬間、敵との距離を測ることなく慌てて近付いていくなんて、その最たるものだ。

「大丈夫だよ、フィーア。何かあっても僕がいるし、主《あるじ》を守るのが僕の役目だからね。そして、もしも僕の出番がなかったとしたら、フィーアは僕の膨大な魔力を使い放題だよ」

「ありがとう、ザビリア」

……素敵な竜だわ。

自らの手で魔人を封じたいというカーティス団長の気持ちを尊重して、動くことなく様子を見ようとしてくれているのだ。

彼らの誠実さに、私は正しく応えないといけない。

……さあ、聖女の役割は？

私は真っすぐ魔人を見つめると、すっと片手を上げた。

◇　◇　◇

――魔人と相対する緊張感の中、私は前世との違いを寂しく思い浮かべていた。

前世において、魔人と戦う際には必ず精霊が力を貸してくれたものだけれど、あの子はもういないのだわ。

それとも、昔のように名前を呼んだら、再び私の前に現れてくれるのかしら。

『魔王の右腕』に聖女の存在を気取られないため、精霊を呼べるはずないと分かっていながら、詮無いことを考える。

そして、おまじない代わりに、上げていた片手を唇に当てると、魔人との戦闘時に必ず口にしていた精霊の名前を心の中でつぶやいた。

……《セ・・》、私に力を貸してちょうだい。

すると、心の中がふわりと温かい気持ちで満たされた。

その温かさは、前世で私の精霊が与えてくれた多くの思い出のおかげだと理解した私は、心の中で精霊にお礼を言う。

それから、気持ちを切り替えるため、鳥真似とカーティス団長、グリーン、ブルーに視線を移した。

カーティス団長の誘導のおかげで、鳥真似を取り囲むかのような布陣が形成されており、3人は連係することで攻撃を防いでいた。

カーティス団長同様、グリーンとブルーも魔人の髪を撥ね返していたため、驚いて見つめると、彼らが手に持っている得物が滅多にないほど上質で、魔法付与がかけられている逸品であることに気付く。

……まあ、凄いわね。あれほどの武器なんて、王侯貴族でもなかなか手にできないでしょうに、2人とも素晴らしいものを所持しているわ。

そう驚きながら、鳥真似に視線を移す。

すると、魔人は余裕の表情で、3方からの攻撃を全て防いでいた。

それどころか、鳥真似は防御の合間に攻撃を仕掛けては、カーティス団長の腕に、グリーンの額に、そして、ブルーの両足に傷を負わせていた。

視界いっぱいに赤い血がぱっと飛び散り、瞬間的に回復魔法を発動させそうになったけれど、唇を噛み締めて堪《こら》える。

……まだ、ダメよ。

鳥真似は聖女がいることに気付いていないのだから、このタイミングで聖女だと明かしてしまったら、戦い方を変えられて戦闘が長引くだけだ。

そして、私の役割は最小の犠牲で戦闘を終わらせることなのだから、ここで動くのは早計だ。

私の前世での最期を知っているカーティス団長は、魔人と戦わせまいとして、助力なしに鳥真似を倒すと宣言したけれど、相手は紋付きの魔人だ。

回復魔法なしで相手を追い詰め、封じることはほとんど不可能だし、仮に実行できたとしても、カーティス団長は酷い怪我を負うだろう。

そのことを理解しながらも、彼は私を気遣ってくれたのだ。

そんな忠義者のカーティス団長に対して私ができる最上のことは、一手も間違えずに正しく魔人を追い詰めることだ。

そう自分に言い聞かせると、まずは相手の強さを測ろうと魔人を注視する。

「……鳥真似の生命力は12、200で、残存生命力は100%。……強いわね」

私はぎゅっと両手を握りしめると、頭の中に導き出された数値をつぶやいた。

一般的に、強いと言われるAランクの魔物の生命力は1、000程度だ。

Aランクの上にはSランクの魔物が存在するけれど、同列に並ぶのは紋なしの魔人だ。

そして、「Sランクの魔物」と「紋なしの魔人」は、それより下の魔物とは一線を画す強さだけれど、――――相手のおおよその強さをランクで測れるのがこのレベルまでだった。

なぜならSランクのさらに上、――――「SSランクの魔物」と「紋付きの魔人」は、底なしの存在なのだから。

彼らは「規格外」という括《くく》りの中にあり、その括りには下限値しか存在しないのだ。

そのため、どれだけでも化け物が存在する。

あるいは、化け物しか存在しないというべきか。

カーティス団長は強い。

グリーンとブルーも、間違いなく強い。

それでも、種としての生まれ持った肉体の差異や、寿命の長さの違いにより生じた経験値に基づく狡猾さや戦闘スキルの差異は、簡単に埋められるものではないのだ。

――紋付きの魔人は、完全に生物としてのレベルが異なっている。

肉体的にも能力的にも突出している上、特殊な構造や仕組みを持っており、知識がなければ倒すことは難しいからだ。

その上、紋付きの魔人は個体ごとに構造が異なるため、まずは冷静に相手の特徴を見極める必要がある。

鳥真似がカーティス団長たち3人を見下しているのも、その優位性を自覚しているからだろう。

そして、実際に魔人の肉体の卓越した強靭《きょうじん》さのせいで、カーティス団長たちは苦戦しているように見えた。

3人ともに踏み込みがいいし、武器に乗せる力の移動もスムーズで、持てるもの全てを攻撃力に変換しているのに、それでも鳥真似に傷が入らないのだ。

カーティス団長は肉体を強化することで、グリーンとブルーは魔法付与された武器を使用することで力を底上げしているのに、それでも鳥真似の防御力の方が上回っている。

そして逆に、踏み込むことをせず、その場からほとんど動いていない鳥真似の攻撃が、3人にダメージを与えていた。

その事実に対し、グリーンが腹立たし気な声を上げる。

「はっ！　驚くほどかてえな！　これだけ全力で打ち込んでも傷一つ入らないなんて、恐れ入るわ」

グリーンの言葉通り、渾身の力を込めて打ち下ろした斬撃は、鳥真似の体に触れる前に彼女の髪に防がれていた。

鳥真似の攻撃を捌きながら、カーティス団長が冷静にグリーンに返す。

「武器を折られもせず、体ごと吹き飛ばされないだけ大したものだ」

「いや、それは褒め言葉にならないよね！　分かって言っているのだろうけど、武器のおかげだから！　家を継ぐことになって、やっと持ち出せるようになった『超黄金時代』の逸品を！　宝物庫から持ってきたおかげ！　だか！　ら！」

鳥真似の斬撃を受け続けているブルーが、顔を歪めながら叫んだ。

私はそんな3人を見つめながら、ぎゅっと両手を握りしめた。

……カーティス団長の言う通り、グリーンとブルーは大したものだわ。

カーティス団長には魔人戦の経験があるし、戦う理由がある。

けれど、グリーンとブルーが魔人に出遭ったのは偶然で、戦う理由などないのに、遥か格上の未知なる相手と理解しながら、怯えることなく一歩踏み出して向かって行くなんて。

……いえ、思い出したわ。この2人は出会った時からそうだったわね。

初めて一緒に戦った魔物も遥かに格上だったけれど、レッドを含めた兄弟3人で倒したのだったわ。

元々勇気がある兄弟だったと考えていると、不意に鳥真似の笑い声が響いた。

「ぴぴぴぴぴ、人間にしては悪くない動きだねー。……でも、私に傷をつけることはできないようだし、ここが限界のようだね。攻撃を防がれたから驚いたけど、まあ、３００年に３人くらいは、少し強い者がいるんだと納得することにするよ」

それから、鳥真似は自在に操っていた髪の動きをぴたりと止めると、カーティス団長の方に顔を向ける。

「色々と考えるのが面倒になっちゃったなー。そこのお兄さんはちょっとばかし魔人について詳しいようだけれど、なぜ知っているのとか、どうしてとか尋ねても答えてくれそうにないしね。いや、答えられたら、発言内容を検証しないといけなくなるんで、もっと面倒か。……ぴぴぴぴぴ、じゃあ、お終《しま》いにしようか――ね」

鳥真似はそう言いながら上半身を折り曲げた。

すると、その背中部分がぐっと盛り上がり、肩甲骨部分の服が破れると同時に、２枚の大きな羽が現れる。

鳥真似はちらりと視線を上げると、得意気な表情で３人を見つめたまま、現れた羽を大きく広げようとした。

その瞬間、わずかな時間だけれど、鳥真似の攻撃の手が止まる。

――――今だわ！

私は鳥真似に向かって躊躇なく向かって行くカーティス団長、グリーン、ブルーの3人に対して呪文を唱えた。

「《身体強化》攻撃力2倍！　速度2倍！」

すると、素早く踏み込んだカーティス団長が、力を倍化された瞬間に剣を振り下ろし、鳥真似の背中に生えた羽の1枚を根元から切り落とした。

「は？」

何が起こったのか分からず、間が抜けた声を上げる鳥真似の反対側に移動したグリーンが、残ったもう1枚の羽を根元から切り落とす。

「……は？」

想定外の事態に、未だ何が起こったかを把握できていない様子の鳥真似だったけれど、無意識に防御しようとしているのか、再びその髪先が立ち上がり、威嚇《いかく》するためにぴんと水平に伸びた。

それから、一瞬遅れて事態を把握したようで、鳥真似は驚愕の叫び声を上げる。

「私の……羽があああああ！！？」

切断された羽の根元からは黒い液体がごぽごぽと零れ落ち、鳥真似の足元に溜まっていた。

そんな魔人に視線を定めたまま、私は3人に向かって声を上げげた。

「3人とも！　魔人の急所は、切り落とした羽の付け根部分よ！」

カーティス団長にとっては既知の情報だけれど――紋付きの魔人は紋なしの魔人と異なり、複数の心臓を持っている。

そして、紋付きの魔人の心臓の数は、紋の数と同数だ。

心臓がある場所は魔人によって異なるけれど、その多くは最も力を必要とする場所に埋め込まれている。

つまり、多くの魔人は変態するため、その変形する部位の近くに心臓が存在しており、羽を生やした鳥真似の場合は、その付け根部分に心臓があるはずだ。

けれど、それは個々の魔人にとって何よりも大事な秘密のため、絶対に漏らさないように万全の注意を払って秘匿されているものだ。

そのことを証するように、私の言葉を聞いた瞬間、鳥真似は全身にぶわりと殺気を乗せた。

「お前！　どこでそれを!!」

その言葉と同時に、鳥真似の髪がばさりと広がり、急所を庇《かば》うために背中全体を覆う。

その間に、私は回復魔法を発動させると、3人の怪我をきれいさっぱり跡形もなく治癒した。

「フィーア、お前はマジで毎回すげえな！　どうやったら一瞬にして全ての怪我を治せるんだ？

そして、どうやったらオレの力を上昇させられるんだ？　全く仕組みがわからねぇな！」

傷跡が消失した部位を見ながら、グリーンが感心したようにつぶやいた。

「兄さん、女神仕様なのだから、理解できると考える方が不敬だよ！」

ブルーは高揚し過ぎているようで、兄に意味不明な言葉を返している。

その2人の間に立ったカーティス団長は、静かに剣を構えた。

「フィー様、お力添えいただき感謝します」

◇　◇　◇

カーティス団長は体に力が入り過ぎているのじゃないかしら。

全く余裕のないカーティス団長の表情を見て、心の中でそう思う。

まるで個人的な恨みでもあるかのように鳥真似を睨みつけているけれど、恐らくカーティス団長とこの魔人は初対面のはずだ。

にもかかわらず、これほどまでに憎々し気に鳥真似を睨みつけているのは、前世で私を守り切れなかったことを悔いていて、魔人全般に敵愾心《てきがいしん》を燃やしているからではないだろうか。

前世で魔王と対峙した際、カーティス団長は魔王城にいなかったのだから、責任を感じる必要はないというのに、忠義者の彼らしいと申し訳なく思う。

それから、そんなカーティス団長に報いるためにもできるだけ助力しようと、対峙している魔人に視線を移した。

鳥真似は両足を踏みしめ、両腕を突き出すような体勢で、取り囲むカーティス団長たち3人を睨みつけていた。

けれど、私の視線に気付いたのか、鳥真似は素早く頭をめぐらすと、憎々し気な表情で私を見つめてきた。

「赤髪、お前は何者だ!?　なぜ、失われた魔法を使える?」

……至極真っ当な質問だ。

前世では数多くの聖女がいたけれど、身体強化や防御魔法を行使できたのは私だけだったため、大聖女の死とともに全てが失われてしまったと誰もが思っていたはずだ。

それなのに、失われたはずの魔法を次々に行使する私を目にすれば、疑問に思うのは当然だろう。

どう答えたものかしらと迷っている間に、カーティス団長が冷え切った声音で鳥真似の質問を切り捨てた。

「無礼だな!　魔人ごときが口をきける相手ではない、言葉を慎め」

……あ、そうよね。尋ねられたからといって、必ずしも答えなくてもいいのよね。

危なかったわ、余計なことを話してしまうところだったと反省していると、カーティス団長が剣を構え、鳥真似に向かって行くのが見えた。

鳥真似は先ほどと同様に髪を束にしてカーティス団長の攻撃を防ごうとしたけれど、きんっという高い音とともにその髪が切り落とされていた。

「なっ!?」

鳥真似は驚いたようにカーティス団長を振り仰《あお》いだけれど、彼は無表情のまま剣を横に払うと、新たな髪の一束を切り落とした。

その思いきりの良さと、剣技の鋭さに感心する。

……実際のところ、聖女としての立ち回りの難易度は、敵の強さ以上に仲間の戦闘スキルによって変化する。

攻撃職が不慣れであれば、思ってもみない動きをされ、敵の攻撃に巻き込まれるからだ。

けれど、その点では、カーティス団長はものすごく戦い易《やす》い仲間だった。

なぜなら前世で護衛騎士だった彼は、私が参加した戦闘にほとんど加わっていたのだから、これほど分かり合える相手は他にいないのだ。

……いや、一人だけいたけど、そもそも彼は強すぎるから例外だわ。

銀髪白銀眼の前世の近衛騎士団長を思い出した私は、あんな規格外の騎士は参考にならないわ、と頭を振ってその姿を追い出す。

それから、目の前の戦闘に集中した。

鳥真似の羽を切り落とすことはできたけれど、それでもこの魔人が恐ろしく強いことは間違いない。

それを証するように、切り落とされた髪の半分は既に再生しているし、髪以外の部位にはほとんど傷が入っていない。

カーティス団長はもちろん、グリーンやブルーも明らかに一流の攻撃職で、相手が紋付きの魔人でなければすぐにでも決着が付いただろうに、今回ばかりは相手が悪いのだ。

なぜなら紋付きの魔人は、そもそも3人程度で倒せる相手ではないのだから。

だというのに、3人とも全く萎縮することなく、冷静に少しずつ鳥真似の生命力を削っていた。

慎重に鳥真似の攻撃を防ぎ、隙を見ては重くキレのある一撃を叩き込んでいる。

「……本当に強いわね」

私は戦っている3人を感心して見つめた。

命のかかったこの局面で引かない勇気、冷静に状況を判断できる洞察力、攻撃職としての高い技量、全てがハイクラスだ。

けれど、――――それでも鳥真似に決定打を打ち込むための、あと一歩が足りていなかった。

そして、そのことを理解したがゆえの焦りが生じたのか、あるいは、疲労が蓄積されてきたのか、グリーンとブルーにミスが出始め、鳥真似からの攻撃が入り始めた。

もちろん、2人が負った傷は即座に私が治していたけれど、あまりよくない状況だと思う。

ここで保てなければ、差が広がっていくだけだからだ。

そして、長らく生きている魔人がその好機を見逃すはずもなく、鳥真似は両腕を剣のように硬化させて踏み込んでくると、グリーンの脇腹に、ブルーの腿にと傷を負わせた。

2人の傷は深く、鮮血がぱっと飛び散る。

「回復！」

即座に治癒したものの、２人が体感した体を抉《えぐ》られる感触は消せるはずもなく、精神的ダメージとして積み重ねられていく。

そして、攻撃が入る度に、その疲労は蓄積されていくようだった。

対する鳥真似は全く疲労した様子もなく、戦闘開始時と同じ俊敏さで攻撃を続けていた。

その表情は、勝ち誇っているようにも、余裕があるようにも見える。

――鳥真似の絶対的な自信の裏付けは、属性からの恩恵だろう。

魔物はそれぞれ土や水といった属性を持っていて、己の属性の影響を受けるものだけれど、魔人は全て闇属性だ。

この闇属性が食わせ者で、光属性には極端に弱いものの、それ以外には強さを発揮する。

だからこそ、３人の攻撃が弱められていて、ダメージがあまり入らないのだ。

この状況を打開するためには、魔人の属性効果を下げてやればいいのだけれど、……戦う相手の属性効果を下げることは可能だけれど、闇属性だけはテクニックが必要だ。

相手が大量に魔力を使用した瞬間――たとえば、大きな技を発動させようとした瞬間に合わせないと、上手く効果が下がらないからだ。

……困ったわね。

誘導はあまり上手くないんだけれどな……、と思いながらも、他に人手がないから仕方ないと諦めた私は、すっと片手を上げた。

要するに、隙があると思わせればいいのよね。

「あれえっ!? 手を上げたら、なぜだか伸ばした手が木に引っ掛かって――――、転んじゃったわ!!」

大きな声で説明的な言葉を発しながら、前のめりに転んでみせる。

すると、困惑したようなグリーンとブルーの声が聞こえた。

「「……フィーア?」」

攻撃の音が止《や》んだので、地面に伏せていた顔を少しだけ上げて確認すると、鳥真似から距離を取ったグリーンとブルーが、戸惑った様子でこちらを見ていた。

カーティス団長を確認する勇気はなかったけれど、じとりと見つめられているような強い視線の圧を感じる。

後ろからは、ザビリアの呆れたようなため息が聞こえた。

……やっぱりね。

渾身の演技のつもりだったけれど、誰一人驚いた声を出さないことから、私がわざと転んだことに気付いているのだろう。

うーん、普段であれば、私の演技は悪くないのだけれど、今回は誘導役をやらなければと思ったことで変な力が入り、ちょっとだけ棒読みっぽくなってしまったんだわ。

けれど、カーティス団長たちには演技だと見抜かれたとしても、人間のことをよく理解していない魔人には演技だと思われるはずがないから、引っ掛かるに違いないと、地面に倒れたままの状態を保つ。

すると、案の定、おかしな魔法を次々にかける私が地面に倒れ、カーティス団長たち3人が鳥真似から距離を取ったことで、魔人は時間的余裕が生まれたと考えたようだ。

私の狙い通り、魔人は素早く背中を丸めると、その背から再び羽を生やそうとした。

そのため、魔人の背中部分から羽の一部が盛り上がってきた瞬間、私は伏せていた地面からがばりと起き上がると、得意気に口を開いた。

「引っ掛かったわね、魔人！　転んだのは、演技でした!!」

「「え!?」」

グリーンとブルーが、私の演技を魔人が信じたと思ったのか、とばかりに驚愕した様子で目を見開く。

い、いや、実際に魔人は騙《だま》されているからね。

魔人は人間のことなんてちっとも分かっていないから、2人にはわざとらしく思われた演技にも、簡単に引っ掛かるんだから。

そう心の中で言い返しながら、私は私の役割を果たそうと、魔人に向かって両手を広げた。

「沈め、その身に属する富なる力よ。――『《身体弱化》闇属性30％減』！」

魔法を発動した瞬間、グリーンとブルーは心底信じられないといった表情で目を見開いた。

「は？　闇属性を下げられるのか!?」

「フィーア、さすがにそれはやり過ぎだよ！　もう完全に聖女の域を超えてしまっているからね!!」

　２人の声に、はっとする。

……あ、そうよね。

『私は一時的に聖女の力を使えるようになった』との設定にしていたけれど、一般的に聖女の能力と考えられている範疇《はんちゅう》を超えているわよね。

　でも、こうしないと魔人は倒せないし……

　よし。どうしても魔人を倒したいと言い張ったカーティス団長が原因だから、言い訳は団長に考えてもらおう。

　心の中でカーティス団長に押し付けることに決めた私は、逸らしていた顔を戻し、正面に立つ魔人に視線を定める。

　すると、鳥真似は自分の見ているものが信じられないといった様子で、無言のまま立ちつくして

◇　◇　◇

いた。

……あ、そうよね。

この魔法を発動させる度に、全ての魔人が同じ反応を示すのだから、彼らにとっても驚くべきことなのよね。

魔人にとって人間は下位の種族で、あくまで捕食対象だから、自分たちの能力に干渉できるなんて考えもしないのだろう。

『闇属性は最上位の属性で、何者も干渉することはできない』

――それが、闇属性に関する常識なのだから。

より正確に表現するならば、光属性が闇属性に干渉できることは知られているのだけれど、光属性は元々回復に特化しているから、魔人の攻撃力や防御力に直接影響を与えるものではない、というのが共通認識だ。

そして、その共通認識を信じていたからこそ、目にした魔法が信じられないとばかりに、鳥真似が棒立ちになっているのだろう。

実際には、私は闇属性に干渉できるのだけれど、――この魔法を発動させた場合には必ず相手の魔人を封じ込めていたため、闇属性に直接影響を与える魔法の存在について一切外に漏れていなかったはずだ。

それに、魔人たちが『闇属性には何者も干渉できない』と誤解していた気持ちだって、理解できなくはない。

なぜなら闇属性に干渉する魔法は、その他の属性に干渉する魔法よりも際立って難しいのだから。

だからこそ、呪文の詠唱が必要となるし、通常の何倍も魔力を消費するのだ。

――今だってそうだ。

闇属性の弱体化魔法を掛けているため、大量の魔力を喰われ続けている状態だ。

いくら私が通常よりも多くの魔力を持っているとしても、これほどの量を喰われ続けていれば、じきに枯渇してしまうに違いない。

というか、精霊の助力がない状態でこの魔法を発動させるのは初めてなので、どれくらいの時間保てるのかすら不明だ……いくらザビリアが魔力を分けてくれているとしても。

そう心配になったけれど、鳥真似の前で弱みを見せるわけにはいかない。

私はあえて何でもない表情を作ると、さあどうぞ、とばかりにカーティス団長たち3人に向かって片手を上げて微笑んでみせた。

こう見えても元王女ですからね。

感情を読ませないポーカーフェイスはお手の物ですよ。

だというのに、私の表情を確認したカーティス団長はなぜだか真剣な表情になると、両手で剣を握り直した。

……あ、あれ？　カーティス団長が剣を両手持ちする時は、短期決戦に切り替えた時だけれど……あれえ、どうして彼は私の魔力がそう長く持たないと気付いたのかしら。

後ろでは、ザビリアが動いたような気配がしたのと同時に、小さな唸《うな》り声が上がる。

「グゥウウウウウ！」

ザビリアは私と繋がっているため、魔力が刻一刻と消費されているのを感じ取っているのだろう。

だからこそ、大きく吠えて魔人を威嚇したいだろうに、竜の咆哮《ほうこう》は人間の聴覚をずたずたにするから唸り声に止《とど》めている。賢い竜だわ。

いいえ、そもそも魔物の本能で強い相手と戦いたいだろうに、因縁があることを理解して、カーティス団長に戦いを譲ったところから既に賢い竜なのだけど。

そして、唸り声を上げるだけで、ザビリアは十分役割を果たしていた。

鳥真似の焦ったような表情からも、闇属性の恩恵が軽減した今、自分が不利な状況に陥ったことを理解しているのだろう。

そんな状況下で、ザビリアは黒竜である自分が後ろに控えていることを示したのだ。

まあ、ザビリアったら追い込むのが上手ね！

そう感心している間に、カーティス団長が鋭い踏み込みとともに、鳥真似に斬りかかっていった。

先ほどとは異なり、カーティス団長の一撃は魔人の体に入り、確実にダメージを与える。

カーティス団長が鳥真似の体から剣を引き抜くと同時に、その腹部から黒い液体が飛び散った。

鳥真似は信じられないといった表情で、斬られた腹部に手を当てる。

「体を斬られただと？　この私が⁉」

――闇属性の弱体化。

たったそれだけで、目の前の魔人は一段下の生物になったかのように強度が弱まったのだ。

そして、身をもってそのことを理解したカーティス団長、グリーン、ブルーの３人は一気に畳みかけてきた。

彼らの攻撃で、鳥真似の髪が次々に切り落とされていく。

３人はあっという間に、防御が弱まった鳥真似を追い込んでいった。

相手は何倍も長く生きて、戦うことに長《た》けた魔人だというのに、その経験差をものともしないなんて、この３人は本当に強いと目を見張りながら、ちらりとカーティス団長に視線をやる。

勝負が決まりかけた今、カーティス団長はどうするつもりなのかが気になったからだ。

最大の問題は、魔人を封じ込める箱を持っていないことだろう。

なぜなら箱に封じ込めなければ、魔人を倒した瞬間に全ての魔人が鳥真似の消滅に気付いてしまい、魔人を倒せるほどの存在がいることを彼らに知らしめてしまうことになるからだ。

そのため、３００年前は必ず、魔人を弱らせたうえで封じていたのだけれど、魔人を封じる箱は希少で貴重だから、限られた者しか入手することができない。

そもそも大聖堂でしか作ることができない特殊仕様のため、作製数が少ないのだ。

そう心配している間に、ブルーが鳥真似の片方の肩甲骨部分に――切り落とされた羽の生え際部分に、剣を突き入れた。

「ぐっ！」

苦し気な声を漏らしながら、地面に膝を落とす鳥真似を前に、ブルーは剣を刺したままの状態でカーティス団長を振り返った。

「カーティス！」

あと1か所。

そう考えるのと同時に、カーティス団長が鳥真似のもう片方の肩甲骨部分に剣を突き入れる。

「よし！」

声もなく地面にしゃがみ込んだ鳥真似を目にしたグリーンが、高揚した声を上げた。

一方、カーティス団長は冷静な様子で、まだ終わりではないとばかりに鳥真似の頭上に片手を差し出す。

開いた手の上には、複雑な模様が刻まれた箱が載っていた。

「えっ!?　『魔人封じの箱』？」

３００年ぶりに目にしたその存在に驚き、思わず声が零れる。

え？　カーティス団長は箱を持っていたの!?

驚愕で大きく目を見開いた視界の中、『封じの箱』はぱかりぱかりと音を立てながらどんどんと展開していき、正しい形を取り始めた。

箱に込められた力がその場に漲《みなぎ》り出し、周りの空気が変化する。

――ああ、寂しがり屋の箱が、仲間を取り込むわよ。

そう考えた正にその瞬間、カーティス団長は冷静な声で呪文を紡いだ。

「捕縛の箱よ、同胞を封じろ！」

その言葉とともに、カーティス団長とブルーが示し合わせたように鳥真似に刺さっていた剣を抜く。

同時に、カーティス団長の手の上に載るほどの小ささだった『封じの箱』は、呪文に呼応して大きく膨らむと、まるで蕾《つぼみ》だった花が咲き開くように分かれ、魔人をばくりと飲み込んだ。

それから、魔人を包み込むようにしながら、ぎゅるぎゅるとねじれるように回転すると、箱自体が再び小さくなっていく。

そして、あっという間に『封じの箱』は元の大きさに戻ると、開いていた口を閉じようとしたけれど、なぜだか一部が閉じきれないままの状態になっていた。

「くっ、塞がり切れないのか!?」

箱の状態に気付いたカーティス団長は一瞬にして顔を歪めると、焦慮《しょうりょ》に駆られた表情で吐き捨てた。

……ああ、封じ込めた魔人と箱の相性がよくなかったのだろう。

運が悪いことに、ごくまれに双方の相性が悪くて、箱が閉じ切れない時があるのだ。

一体どうしたものかしらと慌てた気持ちになったけれど、カーティス団長は私以上に追い込まれていたようだ。

決意した表情で剣を構えると、自らの腹部を傷付けようとしたため、私は慌てて声を上げる。

「カーティス！　止めてちょうだい!!」

何が何でも箱を閉じたいカーティス団長は自分の血を媒体にしようとしているようだけれど、いくらカーティス団長の体が大きくて、たくさんの血液が流れているとしても無理な話だ。

体中の血を使用しても、『封じの箱』は閉まらないだろう。

「適材適所って言葉があるでしょう！」

私の言葉に従って停止したカーティス団長のもとまでできるだけ急いで走り込むと、私は、彼が持っていた剣を手首に当て、えいっとばかりに横に引いた。

「フィー様！」

カーティス団長が驚いて声を上げたけれど、時既に遅く、私の腕には一筋の傷が入っていた。

そして、その傷から『封じの箱』の上にぼとぼとと血が垂れた瞬間、――ばくりと音を立て、箱が勢いよく閉じた。

「媒介するなら、聖女の血であるべきだわ」

私はそう言うと、さり気なく怪我をしていない方の手で傷口を押さえ、自分に回復魔法をかける。

「回復！」

すると、きらきらとした輝きが生まれ、あっという間に傷が消えてなくなった。

カーティス団長、グリーン、ブルーの３人が荒い息をしながら私を見つめていることが分かったため、私はできるだけ何でもない表情を作ると、ぱんと両手を打ち合わせる。

「はい、おしまい」

それから、これで終わったわねとばかりに笑顔で皆を見回したけれど、……なぜだか誰からも同じ表情は返ってこなかった。

◇　◇　◇

「……フィー様！」

一番初めに口を開いたカーティス団長は、明らかに何事かを物申したそうな表情をしていた。

この少人数で魔人を倒すことができたのだ。

快挙といえる素晴らしい結果に喜んでいるかと思ったのに、カーティス団長は青ざめた表情で、治癒したばかりの私の腕を睨みつけていた。

まずいわ、カーティス団長は私が怪我することを何よりも嫌うのだったわ。

それしか方法がなかったとしても、自ら腕を傷付けたなんて、カーティス団長からしたらお説教案件じゃないかしら。

よし、こうなったら正面突破だわ！

「カーティス、あなたの望み通り魔人を封じ込めたわよ！　私は逆らいもせず、むしろあなたを手伝ったというのに、お説教が始まりそうな雰囲気になるのはおかしくないかしら？」

攻撃は最大の防御と言うからね。

カーティス団長がお説教をしてくる前に、こちらの正当性を主張して押し切ってしまおう。

そう考えた私の作戦は上手くいったようで、カーティス団長ははっとしたように目を見開くと、開きかけていた口を閉じた。

それから、素早く私の前に跪《ひざまず》くと頭を下げる。

「フィー様、ご助力いただきましたことに心より感謝いたします。それから、誠に申し訳ありませんでした。フィー様に頼ることなく魔人を倒すと宣言しておきながら、肝心なところで助けていただくなど、自分を恥じ入るばかりです」

「えっ！　い、いや、相手は紋付きの魔人だから、攻撃職だけで倒せるはずないわよね。カーティスの『私なしで魔人を倒す』発言は、魔人に怖気《おじけ》づいていた私を思いやっての言葉だと分かっているから、カーティスが気にする必要はないわ」

深く反省している様子のカーティス団長に、慌てて言葉を返す。

まずいわ、相手は忠義者のカーティス団長だった。作戦が上手くいき過ぎて、謝罪をされてしまったわよ。

申し訳なく思ってカーティス団長に視線をやると、彼は心から後悔しているような表情を浮かべていた。

「その通りです。魔人と対峙するだけで、フィー様が苦しみを感じられることを分かっておりましたのに、結局はフィー様の御力に頼るなど、愚臣の極みです」

「ぐ、愚臣!?」

カーティス団長の言葉にぎょっとして、思わず大きな声を出す。

私はもう王女でないのだから、その単語選びは間違っているわよね。

後ろで聞いているグリーンとブルーに怪しまれるじゃない。

「き、気を確かにもって、カーティス騎士団長様！　私は入団したばかりの1年目の騎士ですよ。はっきり言って、私の方が何段も下の役職ですからね」

カーティス団長に現状を思い出してもらおうと発言したにもかかわらず、私の言葉を聞いたカーティス団長は、痛みを覚えたかのように顔を歪めた。

「敬語を使われるなど、普段通りに口を利きたくないほどにお怒りですか？　ああ、私はいつだって間違いなくあなた様の臣下です。ご冗談でも、そのようなことを口になさらないでください」

「い、いや、冗談ではなく事実……」

必死で言い募ろうとする私の両手を摑むと、カーティス団長は深く頭を下げ、「勘弁してください」とつぶやいた。

弱り切ったカーティス団長の様子を見るに、まるで私が悪者のようだ。

え？　え？　これ、おかしくないかしら??

誰がどう見ても私は新人騎士で、カーティス団長はサッシュを身に着けることを許された騎士団長だというのに、どうして団長は私の臣下だと言い張るのかしら。

絶対に私が正しいのに、これほど憔悴《しょうすい》した様子のカーティス団長に対して正しさを主張し続けたら、まるで鬼の所業のようだ。

ええ？　カーティス団長が言い張っている、彼は私の臣下だという主張を受け入れなければいけないのかしら？

いや、おかしいから！

ブルーがぼそっと、「これを受け入れてもらえないとしたら、カーティスは辛《つら》いな。私なら泣いてしまう」とかつぶやいているのもおかしいから。

ブルーの言葉に同意する様子で、グリーンが大きく頷いているのもおかしいからね。

全員が！

この場の全員がおかしいがために、完全なる常識派の私が非常識のように扱われている状況って何なのかしら!?

最後の砦《とりで》とばかりに、救いを求めてザビリアを見つめると、軽く肩を竦められる。

「僕が思うに、カーティスがフィーアの前に跪いた時点で止めるべきだったんじゃないかな。彼があなたに関して極端な行動に出ることは、分かっていたでしょう？」

……確かに、言われてみたらその通りだけれど。

カーティス団長がこと私に関して、極端な行動に出ることも、全く聞く耳を持たないことも、ザビリアの言う通りだけれど。

でも、口を開いた時点では勝ち戦だと思っていたし、カーティス団長が跪いた時点でも、まだ私に分がある、勝てると思っていたのよ。どこで形勢が逆転したのかしら？

視界の端で、グリーンとブルーが困惑した様子でこちらを見つめているのが分かる。

ああ、あの２人にはカーティス団長が常識人に見えているから、彼の発言にはきちんとした根拠があると考えているはずよね。

カーティス団長が私の臣下だと言い張る理由を確認されたら、どうすればいいのかしら。

あ、というか、この２人に対して、私は散々聖女の力を見せつけたわよね。

一般常識として、聖女の能力は怪我や病気を治すことだと思われているから、私が行使した魔法は聖女の能力の範疇を超えているように２人には思われたはずだ。

実際には、聖女の能力の範疇なのだけれど、前世でも私しか行使できなかった魔法だから、聖女の能力だと納得させるのは難しいかもしれない。

……いや、いけるかしら？

そもそも私は再び呪いに侵され、聖女の力が使えるようになったとの話を２人は信じているはずだから、説明の仕方によっては理解してもらえるかもしれない。

ただ、その説明自体をカーティス団長に考えてもらうつもりだったのよね。

私は一縷の望みを持ってカーティス団長に視線を移したけれど、彼は両手で顔を覆うと、地面にひれ伏さんばかりに頭を下げた姿勢を取っていた。

……ダメだわ。カーティス団長自身がぺちゃんこになっているから、上手い言い訳を考えてもらうのは無理そうね。

ああ、ということは私が自ら申し開きをしなければいけないのかしら。

うーん、この2人は案外単純だから、騙されてくれそうな気もするけれど。

そう希望的観測を抱くと、私はできるだけ明るく聞こえるような声を出した。

◇　◇　◇

「あらあら、カーティス団長ったら！　たった3人で魔人を倒したことに感極まって、地面に平伏したくなったようね。あっ、そういえば、前に本で読んだことがあるわ！　過去にも紋付きの魔人を倒した騎士が、興奮のあまり地面に寝そべるとともに、周りにいる人々を『殿下』とか『騎士総長』とか、自分の上官として敬いたがった事例を」

「……えっ？」

私の言葉を聞いたブルーは驚いたように目を見張ると、小声で兄と相談を始めた。

「兄さん、これは私たちも地面に跪くよう暗示されているのかな？」

「あ、そういうことか！　確かにフィーアの女神としての御業《みわざ》は、膝を折るに値するものすごいものだったからな」

それから、２人は納得した様子で頷き合うと、流れるような動作で地面に片膝を突いた。

「え？」

２人の真剣な表情から、嫌な予感しかしない。

何を始めるつもりなのかしら、と用心深い表情で見つめていると、２人は顔を伏せたまま胸に手を当てた。

「『創生の女神』におかれましては、高貴なるお姿を再び顕在いただきましたこと、心より感謝申し上げます」

「女神の御力により、邪悪なる魔人を封じることが叶いました。その稀有《けう》にして至高なる御力をお貸しいただきましたこと、伏して感謝申し上げるとともに、女神の御心に私どもの行いが反していないことを希求するばかりです」

「それかあああ！」

私は思わず声を上げた。

なるほど、そうきたか！

前回の冒険時、別れ際に付き合わされた『創生の女神』ごっこが、再び始まるとは予想外だった。あの時も格上の魔物を倒し、いざ解散しようとした時になって、レッドを含めた兄弟３人で地面に跪くと、私のことを『創生の女神』と呼びだして、馬鹿丁寧な言葉遣いで難しいことを言い始めたのだ。

この帝国特有の文化は馴染《なじ》みがないものだから、彼らの行動が理解できなかったのだけれど、分からないと口にするのは野暮な気がして３人の会話に付き合ったのが悪かったようだ。

おかげで、今回も同じことを始められてしまった。

何が発端かしらと、前回との共通点を考えていたところで突然閃《ひらめ》く。

……あっ、分かったわ！

もしかしたら、帝国では強い敵を倒した時、女神に感謝を示す意味で、手近にいる女性を女神に見立てて会話をするのじゃないかしら。

前回と今回の両方とも、全ての条件がぴたりと当てはまるため、正解を引き当てたような気持ちになる。

……なるほどね。だとしたら、ちょっとくらい２人の要望に応えるのが優しさよね。

私はできるだけ上品そうな表情を作ると、よそ行きの声を出した。

「よく頑張りましたね。初めて対峙する紋付きの魔人を相手に見事なものです」

「「女神にお褒めいただくとは、恐悦至極に存じます」」

私の言葉にうっとりとした表情を浮かべる2人を見て、まあ、本当に嬉しそうよ、2人ともとっくに成人しているのに、こんなごっこ遊びに夢中になれるのねと驚く。

それから、いやいや、帝国の文化では当たり前の行動かもしれないわ、尊重しないと、と思い直して言葉を続ける。

「帝国の誰もが、あなた方を誇りに思うでしょう」

グリーンとブルーは驚くほど素直に私の言葉を受け入れたようで、即座に頬を染めた。

大の大人が、しかも、美形の大男2人が跪いて頬を染めるなんて、滅多にない光景だこととおかしく思う。

けれど、すぐに主目的を思い出して、表情を引き締めた。

そうだったわ。そもそもの目的は私の能力を怪しまれないよう、誤魔化すことだったわよね。

私はきりりとした表情を作ると、2人を見つめる。

「ところで、2人に大事なことを言います。私が聖女の力や、その他おかしな力を使えたのは、一時的なものです！　呪いの効果が切れたら、すぐに使えなくなりますからね」

納得してもらうために説明を続けようとすると、それより早く、2人は当然といった表情で肯定した。

「「承知しております」」

「え、承知しているの？」

ともに冒険をした仲間だからか、いつの間にかこの2人から絶大な信頼を勝ち取っていたようだ。

あるいは、女神役が口にすることは何でも受け入れるルールなのか。

いずれにせよ、受け入れられたことにほっとしながら、撤回される前に話を終わらせる。

「よかった、約束だからね！　じゃあ、そういうことでおしまいです」

それから、グリーンとブルーの手を掴み、ぐいっと引っ張って地面から立たせる。

私よりも随分目線が高くなった2人を見て、やっといつも通りになったわねと感じた私は微笑んだ。

「グリーンもブルーも魔人と対峙したのは初めてだったでしょうに、紋付きを倒すなんて凄いわね！　戦闘中にも思ったけれど、命のかかった局面で退かない勇気、冷静に状況を判断できる洞察力、攻撃職としての高い技量、全てがハイクラスだわ。あっ！　もしかして……」

突然閃いて、浮かんだ言葉を口にしようとすると、2人が勢い込んで言葉を被せてきた。

「そう！　そうなんだよ、フィーア！」

「ああ、いくらお前の希望だからとはいえ、黙っていることは心苦しかったが、オレらは帝国の皇……」

「帝国！　その通りよ！　もしも2人が帝国の騎士団に入団したら、優秀な騎士になれると思うわ」

「え？」

「帝国騎士……？」

先ほどまでの勢いはどこへやら、なぜだか一瞬にして、２人は脱力したかのような表情に変わる。

劇的な表情の変化を目にし、帝国騎士はエリート職だから、怖気付いたのかもしれないと考えた私は、２人が自信を持てるようにと勢いよく肯定した。

「ええ、立派な帝国騎士になれるわよ!!」

けれど、２人は元気が出る様子もなく、微妙な表情を浮かべた。

「あー……、帝国騎士か。フィーア、お褒めいただきありがとう」

「ああ、……できるだけ頑張ろう」

あれれ、私にとって騎士は一番の憧れの職業だけど、この２人にとってはそうでもないのかしら？

苦虫を嚙み潰したような表情を浮かべている2人を不思議に思い、首を傾げていると、後ろから呆れたようなザビリアの声がした。

「フィーアは意図することなしに、自ら迷宮を作り出して迷い込むタイプだよね。フィーアを通して、この2人があなたに傾倒していることを理解していたつもりだけれど、実際に目にすると、現状は想像の何倍も酷いね」

「へ？」

何を言っているのかしら、とザビリアを振り返ると、彼は尻尾をぴこぴこと動かした。

「厄介なのは、この2人の根拠のない推測がほぼ正解を引き当てていて、フィーアが何者なのかを理解していることだよね。それも、嫌になるくらいに手足となる駒を持っていて、関わるほどにフィーアに魅かれていく様子だから、問題は複雑になるばかりだね」

「えーと」

ザビリアったら、もう少し私にも分かるように話をしてもらえないかしら。

「僕がちょっと黒嶽に戻っていた間に、何でこんなに面倒くさいことになっているんだろう。やっぱりフィーアから目を離すものじゃないね」

意味は分からないながらも、そこはかとなく貶《けな》されているような雰囲気を感じ取ったため、苦情を申し入れようと口を開きかけたところ、ふと頭上が陰った。

同時に、大きな羽ばたきの音が真上から聞こえてくる。

驚いて視線を上げると、赤、青、黄といった色取り取りの竜たちが集団で旋回していた。

「え？　何事!?」

思わず声を上げると、ザビリアが諦めたようにため息をついた。

「ああ……やっぱり来たか」

何が起こっているのかを理解しているようなザビリアに尋ねるような視線を送ると、おどけた様子で片方の目を瞑られる。

「『封じの箱』も魔物も、嗜好は同じってことだよ」

「え？」

「僕は全ての竜に動かないよう命じてきたのに、誰も言い付けを守らなかったってことだ。どうやら僕の命令より、もっと魅力的な誘惑にあらがえなかったようだ。たとえば……甘い甘い聖女の血の匂いとかね」

41　霊峰黒嶽4

ザビリアの言葉に思い当たることがあった私は、はっとして自分の腕に視線を落とした。

そう言えば、先ほど魔人を箱に閉じ込めるために自分で傷をつけたのだった。

傷自体は既に治癒したけれど、べったりと血が付いたままになっている。

私には分からないけれど、この血は甘く香り、魔物を惹き付けるらしい。

思い返してみると、初めてザビリアに出逢った『成人の儀』の夜や、従魔舎で従魔たちを見て回った時など、確かに魔物たちは私の血に惹かれている様子だった。

ということはザビリアの言葉通り、竜たちは私の血に惹かれて頂上から飛んで来たのかしら。

そう考えながらもう一度空を見上げた私は、驚きで大きく目を見開く。

同時に、喉の奥からは、掠れた声が漏れた。

「ひっ!」

なぜならこのわずかな時間の間にも竜の数が増えており、空が見えなくなるほど多くの竜が集結していたからだ。

色とりどりの竜たちの中に灰褐色まで見える。

馴れ合う様子がなかったゾイルまで寄ってくるなんてと驚いた私は、慌ててザビリアに言い募った。

「ザビリア、ゾイルまでいるわよ！　竜たちが集まった理由の幾らかは私のせいかもしれないけれど、ゾイルが私に惹き付けられるはずないから、全てが私のせいではないはずよ！　きっと、ちょぴっとのちょぴっとだわ」

なぜなら竜は魔物の中でも上位種だ。

竜自身がそのことを理解しているため、人間ごときに惹き付けられるなんて許しがたいと考え、寄ってくることはないはずだ。

「多分ザビリアに用事があって、指示を受けに来たんじゃないかしら？」

「……ふうん。確認してみようか」

ザビリアは気のない様子で返事をすると、ついと首を高く掲げた。

すると、それが合図でもあったかのように、ゾイルを先頭に1頭、また1頭と次々に竜が降下してくる。

どん、どんと派手な音を立てながら、あるものは生えていた木をなぎ倒し、あるものは砂ぼこりを巻き上げながら竜たちは地面に着地し、気付いた時には十重二十重と多くの竜に取り囲まれる形になっていた。

あまりの迫力に、黙って様子を見守っていると、地面に降り立った竜たちは私の方に顔を向け、まるで甘えるかのように首を傾げたり、翼を広げたりしてきた。

あ、あれ、おかしいわね。

どの竜もザビリアではなく私を見ているわよ、とは思ったものの、初めて見る竜たちの仕草に目を奪われる。

私の何倍も大きな体をしながら、おもねるように一心に見つめてくる姿がすごく可愛かったからだ。

「……まあ、可愛らしいわね！　ザビリア、竜たちは何をしているのかしら？」

隣にいたザビリアに尋ねると、つまらなそうな声を出される。

「フィーアが見たままじゃないかな。竜たちはフィーアに甘えて、歓心を買おうとしているんだよ」

「か、歓心って」

「前にも言ったけれど、フィーアはちょっと魔物にモテ過ぎだよね。『星降の森』で青竜がフィーアに惹き付けられた例もあったし、『封じの箱』をも魅了する聖女の血に竜種が抵抗できるはずないよね」

「え？　青竜が何ですって？」

ぽかんとしてザビリアを見つめると、肩を竦められた。

「ああ、気付いてないならいいや。わざわざフィーアのモテモテぶりを説明することはないし。……フィーアの血は凄いよ。僕ですら、あるいは、僕だからこそクラクラする」

ザビリアの言葉に驚いて目を見開く。

「え、ザビリアもなの？　前世で聖女の血に惹かれたのは精霊だけだったから、すごく意外に聞こえるわ。……ああ、でも、それは精霊が力を貸してくれていたおかげって話だったわね」

「うん、300年ぽっちで魔物の性質は変わらないから、元々魔物は聖女の血に惹かれていたはずだよ。精霊が目くらましを掛けていたんじゃないかな」

「そうなのね？」

私は大きく首を傾げた。

精霊だけでなく魔物も聖女の血に惹かれるなんて、改めて考えると不思議な話だと思ったからだ。

そもそも『封じの箱』が聖女の血に反応するのはなぜだろう。

300年前においても、聖女の血が『封じの箱』に反応することは知られていたけれど、理由は不明のままだった。私の死後に新たな発見はあったのかしら。

ちらりとカーティス団長に視線をやると、無言のまま見返されたため違和感を覚える。

あれ、仕事に関しては有能極まりないカーティス団長が、私が何を聞きたがっているかに気付いていないわけないわよね。

それなのに口を開かないということは、言いたくないのだわ。つまり、何かを知っているのね。

「カーティス、『封じの箱』はどうして聖女の血に反応するのかしら?」

でも、私は質問するわよ。

カーティス団長のいいところは、質問したら必ず答えてくれることだもの。

私の推測通り、カーティス団長は咄嗟に顔を歪めたものの、すぐに普段通りの表情を取り戻すと淡々とした声を出した。

「……ご存じの通り、あの箱は過去に封じられた魔人の一部で作られています。魔人には同胞を取り込もうとする性質があるので、その性質を利用して『封じの箱』を作っております」

「ええ、そうだったわね」

ここまでは、前世でも聞いていた話だ。

そして、箱の閉まりが悪い場合、なぜだかその箱を結合する役目を聖女の血が担っていたのだ。

「箱に使用している魔人の一部に生命や自我はなく、魔人としての特性を残しているだけです。研究の結果、『封じの箱』には同胞を取り込もうとすること以上に、聖女の血を取り込もうとする性質が見受けられました。そのことから、魔人は聖女の血に惹かれる性質を持っているのではないか、と現在では考えられています」

「えっ?」

魔人が聖女の血に惹かれる?

「『封じの箱』は聖女の血と結合する性質を持っていたのではなく、聖女の血を取り込もうとしていたの？」

それは思いもしない発想だった。

だというのに、なぜだかカーティス団長の言葉に、ちりりと過去の記憶を刺激されたような感覚を覚える。

けれど、その理由を突き止める前にカーティス団長が言葉を続けたため、そちらに意識を持っていかれた。

「黒竜殿の言葉通り、むやみに聖女の血に惹かれる者が出ないよう、以前は精霊が力を貸してくれていたのではないでしょうか？　だからこそ、私たちも事実を見誤っていたのだと思われます」

「精霊が……」

言葉に出した途端、ずっと私を守ってくれていた精霊の姿が頭の中に浮かんでくる。

……確かに、私と契約していた精霊はとても優しかった。

あの子が私の気付かないうちに、私を守ってくれていたということ？

いつの間にか助けられていたのだと考えた途端、前世で契約した精霊に会いたい気持ちが沸き上がってくる。

「カーティス、精霊はどこへ行ってしまったのかしら？」

私のあの子はどこにいるのかしら。

人間よりも遥かに長い時を生きる精霊だから、消えてしまったということはないはずだ。

カーティス団長は視線を逸らすと、地面を見つめた。

「……精霊の居場所は分かりません。フィー様ほど精霊に愛された方はおられませんので、あなた様が精霊の存在を感じ取れないのであれば、この地から離れた場所にいるのでしょう」

「そうね」

３００年経ったことで、多くの環境が変わってしまった。

周りに存在する国々や国境は３００年前と全く異なるし、私が精霊と初めて出逢った森も、今ではアルテアガ帝国の一部になってしまった。

「……いつか帝国を訪れ、あの森にもう一度踏み入ってみたいわね」

ぽつりと零すと、ブルーとグリーンがはっとしたように目を見開いた。

「フィーア、帝国に来てくれるのなら、どこにだって案内するよ！」

「ああ、お前に行きたい場所があるならば、帝国内の全ての場所を開放しよう」

２人の大袈裟《おおげさ》な言い方がおかしくて、笑いが零れる。

「まあ、大きく出たわね！」

帝国内のどこにでも案内するだなんて、もしも私がアルテアガ帝国の皇城に行きたい、と言い出したらどうするつもりかしら。

もちろん私が行きたいところは許可などいらない森の中だから、大きく出ても問題はないのだろうけれど。

私はふと気になっていたことを思い出し、カーティス団長に質問した。

「そういえば、カーティスはどうして『封じの箱』を持っていたの？」

カーティス団長は伏せていた視線を上げると、生真面目な表情で口を開いた。

「以前、私は再び魔人に出遭うことがあれば、必ず封じることを自分に誓いました。その際に複数の箱を入手し、異なる場所に隠しておりました。先ほどの箱はサザランドから持ち帰った分です」

なるほど、用意周到なカーティス団長らしい行動だ。

「先ほどの箱の閉まりが悪かったのは、作製されてから長い時間が経っていたため、どこかに不具合が生じていたのかもしれないわね」

そう口にしながら、私は称賛の眼差しでカーティス団長を見つめた。

なぜならカーティス団長は最初から箱を持っていたにもかかわらず、誰にもそのことを気付かれなかったからだ。

「カーティスったら、魔人に気取られないために箱を持っていない振りをするなんて機転が利くわね！　用心深い私ですら、まんまと騙されてしまったわ」

「ねえ」と言いながら、同意を求めるようにザビリアを見上げると、私の賢い竜は直接的な返事をすることなく、質問で返してきた。

「用心深さの基準は人それぞれ異なるからね。僕とフィーアの基準は異なるようだとだけ答えておこう。それよりも……フィーアは大丈夫？」

ザビリアの質問は、シンプルだけど核心を突いたものだった。

言葉の裏に、ザビリアの思いやりが見て取れる。

私が魔人を恐れ、身を潜めていたことを知っているため、心配してくれたのだ。

ザビリアの言葉を聞いたカーティス団長がはっとしたように息を呑んで、こちらを振り返ったのが目の端に見えた。

……そうよね、カーティス団長が一番気になっていることで、でも、彼の性格では直接聞けなかったことよね。

私はカーティス団長にも聞こえるような大きな声で、ザビリアに答える。

「心配してくれてありがとう！　烏真似は『魔王の右腕』と全く異なる魔人だと自分に言い聞かせたら、大丈夫だったわ」

私の言葉を聞いたザビリアとカーティス団長は、しばらくの間探る様子で私を見つめていたけれど、同じタイミングでふっと体の力を抜いた。

それから、ザビリアが安堵したように微笑む。

「そうか、それはよかったよ」

私の大事な1頭と一人が安心した様子を見て、私もほっと胸を撫で下ろしていると、ザビリアが何でもないことのように口を開いた。

「それじゃあ、色々ときな臭くなってきたことだし、やっぱり僕はフィーアと一緒に山を下りることにするよ」

「へっ?」

驚いて目を丸くすると、ザビリアがおかしそうに笑う。

「ふふふ、戦闘前の言葉は冗談じゃないからね。僕にとって一番大事なのはフィーアだし、一緒に王都に帰るよ」

「そ……」

「ヒギャアアアア!」

けれど、私が何かを答えるより早く、ザビリアの言葉を聞いたゾイルが、断末魔のようなうめき声を上げながら地面に突っ伏した。

ゾイルにしたら寝耳に水の話だし、衝撃を受けたのだろう。

ゾイルの悲しみはもっともだと考えた私とは異なり、ザビリアは取りすがるような表情を浮かべるゾイルを見下ろすと、呆れたように頭を振った。

「いや、そういつまでも僕がここにいるとはお前も思ってなかっただろう。ゾイル、お前は上位種なんだから、後は任せるよ」

ザビリアの言葉を聞いたゾイルは、絶望的な表情で頭を地面に押し付けた。

◇　◇　◇

ゾイルがぐりぐりと自分の頭を地面にめり込ませている姿を横目に見ながら、私は慌ててザビリアに話しかけた。

「ねえ、ザビリア、本当にこのまま私と王都に戻っても大丈夫なの？　ザビリアは王になりたいからこの山に来たのでしょう？　私はザビリアのやりたいことを邪魔したくないわ」

ザビリアに会いたくてこの山を訪ねたけれど、元気な姿を見て安心できた。

寂しがって迎えに来たと思われたのかもしれないけれど、ザビリアを邪魔するつもりは全くないのだ。

「フィーアと離れていることに、僕が限界だったんだよ。会いたいなと考えていたら、僕のところに来てくれるんだもの。これはもう、一緒に戻るしかないよね」

「まあ……」

ザビリアと一緒にいたい私の気持ちを肯定するような言葉を掛けられて嬉しくなる。

ザビリアも私と一緒にいたいと思ってくれるのなら、ともに帰ってもいいのじゃないかしら……と、思考が180度転換したところで、ザビリアがそそのかすような言葉を続けた。

「それに、ここでやるべきことはあらかたやりつくしたし。ともに過ごしたことで、ここにいる竜たちと絆ができたから、僕が呼びさえすれば、声が聞こえる限りどこへでも来てくれるだろう」

「それは凄いわね！　でも……」

私は言葉に詰まると、何と説明したものかしらと考えながら、ザビリアの頭に生えた1本の角にちらりと視線をやった。

1つだけ問題が残っているわね、と思ったからだ。

私の視線に気付いたザビリアは、私が気にしていることを理解したようで、前足で器用に角に触れる。

「ああ、角は1本のままだけれど問題ないよ。僕は3本の角を生やした姿になりたかったのではなく、フィーアを守る力がほしかっただけだから」

「確かにそういう話だったけれど……」

本当にそれでいいのかしら、と心配になる。

けれど、ザビリアは何でもないといった様子で言葉を続けた。

「僕がやりたいことをやっているだけだから、フィーアが気にすることはないよ。そもそも、これだけ竜たちを統制してきたのに1本しか角が生えないのは、大勢の竜を守り従えた時、竜王の証として角が3本になると考えた僕の推測が間違っていたのだろうからね。角が生える条件は別にあるのかもしれない。どちらにせよ、見た目の問題だからどうでもいいや」

そう言うと、ザビリアは片方の翼を広げた。

「フィーア、一緒に帰ろう」

迷いなく言い切ったザビリアを見て、彼も私とともにいることを強く望んでくれているように思えて嬉しくなる。

思わず手を差し出しそうになったけれど、周りを囲む竜たちのしょんぼりとした視線を感じ、はっとして表情を引き締めた。

そうだった、まだ問題が残っていたわ。

昨日見て回った時に気付いたけれど、ザビリアはいい王様だ。

そんな王様を連れ去ってしまったら、竜たちは間違いなく落胆するだろう。

「ええと、ザビリア、もちろん私は嬉しいけど、竜たちは寂しがらないかしら？」

気落ちした様子で周りを取り囲む多くの竜たちを見ながら、恐る恐る質問する。

すると、ザビリアは肩を竦めた。

「うーん、でも、全ての竜を王都に連れて行くわけにはいかないよね」

「へっ？」

ザビリアの提案を聞いた瞬間、黒竜を先頭に、空を埋め尽くすほど多くの竜を付き従わせて王都に戻る姿が頭の中に浮かび青ざめる。

「ダ、ダメに決まっているわ！　誰だって、私が竜とともに王都を攻め滅ぼしに来たと考えるわよ！　むしろ私が魔王じゃないの!!」

「なるほど、黒竜である僕を従えているんだから、魔王と称してもあながち間違いじゃないと思うけど」

面白そうに肯定するザビリアをきっと睨みつける。

「もちろん、間違いに決まっているわよ！　私は黒髪黒瞳ではないし、こう見えても善良な騎士なんだから」

ザビリアは含みのある表情で尻尾をぷるりと振った。

「ふーん、善良な騎士ねぇ。傍《はた》から見ている分には面白くもあったけど、今後はこちら側にいるのだから、僕も苦労するんだろうな」

わざとらしくため息をつくザビリアに、思わず言い返す。

「まあ、ザビリアったら！　私は一人前の騎士だから、自分のことは自分でできるわよ。しかも、時には聖女の役割も果たせる優秀な騎士なんだから」

「うん、正にそのことが問題なんだと僕は思うよ。騎士は騎士であるべきなのに、超希少職の聖女にもなれるって、誰が聞いてもおかしな話だよね。そして、今のフィーアは全ての竜たちから擦《す》り寄られているし。……あれ、そう言えば、竜たちは僕よりもフィーアに夢中だよね。一本の角が生えて、竜王になりつつある僕よりもフィーアに従うなんて、フィーアこそが竜王なのかな？」

そう言うと、ザビリアはわざとらしく私の頭をちらりと見た。

まるで角が生えているかどうかを確認するかのように。

私は両手で頭を押さえると、慌てて言い返す。

「さ、３本角の竜王？　ザ、ザビリアったら、何を言っているの！　私の頭から角が生えたら、それこそ魔人じゃないの!!」

「なるほど、フィーアが恐れていたのは自分自身だったたってこと？　……深い話だね」

ザビリアの表情は生真面目そうに見えたけれど、間違いなく面白がられていることを理解した私は真っ向から否定する。

「いや、ものすごく浅いから！　そして、私は黒髪の魔人ではなく、赤髪の騎士だから！」

私の言葉を聞いたザビリアは、はっきりと頷いた。

「そうだね、もしもフィーアの頭に角が生えても、黒い翼が生えても、間違いなくあなたは聖女だよ。そして、魔人の髪色が何色であったとしても、角がなくても、魔人である以上僕の敵だ」

ザビリアの言葉はとても心強かったけれど、誤りがあったので訂正する。

いつだって賢いザビリアだけど、多くの時間を山に引きこもっていたため、私でも知っている常識を知らなかったからだ。

「ザビリア、全ての魔人は黒髪黒瞳だし、角が生えているのよ。鳥真似だって、そうだったでしょう?」

ザビリアは一瞬何かを考えるような表情をした後、素直に私の言葉に首肯した。

「……そうだね」

それから、ザビリアは顔を高く上げると、集まってきた竜たちを見回しながら気軽い様子で口を開いた。

「それじゃあ、僕は山を離れるよ」

竜たちがはっとしたように硬直する。

そんな竜たちに対し、ザビリアは安心させるような笑みを浮かべた。

「とは言っても、僕は時々この山に戻ってくるから、皆はこのまま残ってもいいし、それぞれのねぐらに帰ってもいい。ただ、僕が呼んだ時に声が聞こえるよう、皆の居住地を考慮してほしい。僕の声が聞こえる範囲に数頭の竜がいて、その数頭の竜の声が聞こえる範囲に別の数頭の竜がいて、……と、どこまでも遠くへ繋がるように。ゾイル、皆のテリトリーを調整して」

気落ちした様子の竜たちだったけれど、ザビリアの言葉を聞き終えた後は、新たな役割を与えられたことに奮起したのか、明るい表情で嬉しそうな声を上げた。

その様子を見て、ほんの数言で竜たちの士気が上がるなんて、ザビリアは本当に立派な王様なのねと感心する。

すると、その王様は考えるような表情で私を振り返り、ちらりとこちらを見てきた。

「ザビリア、どうかしたの?」

尋ねると、ザビリアから肩を竦められる。

「いや、どんな未来を想像しても、僕以上にフィーアの方が危機に陥る絵しか浮かばないなと思って。だとしたら、竜が守るべきは僕ではなくてフィーアだよね。フィーアを守るよう竜たちに動機づけすべきかな」

大真面目な表情でそんなことを言ってくるザビリアに、私の方が慌て始める。

「えっ、竜たちは私のことをよく知りもしないのだし、そんな大変なことを頼んではダメよ！」

「フィーアの言うことはもっともだけれど、僕はずっと、魔物と人との関係で気になることがあってね」

「え、何かしら？」

賢い私のザビリアが気になることは何だろうと驚いて見上げると、ザビリアは考えるような表情を浮かべていた。

「魔物と人が主従関係になる隷属《れいぞく》の契約だけど、あれって大抵の場合は命乞いだよね。殺されるかどうかって瀬戸際に、死ぬよりはマシだからと、魔物が人に従うことを受け入れる契約。だけど、僕の場合は少し違っていたんだよね」

「え？」

「隷属の契約時、救命された直後だったからなのか、フィーアの側にいて、その力の恩恵にあやかりたいと強く思ったんだ。同時に、フィーアを守るための力になりたいともね」

確かに、初めて会った時のザビリアは瀕死の状態だった。

これほど強い魔物だから、生きたいと願う気持ちが強かっただろうことは容易に想像がつく。

それから、ザビリアは友達思いだから、私の力になりたいと思ってくれただろうことも。

「結果――――契約後の同調具合は完全だった。互いの命と魔力が繋がり、フィーアから思考と感情が流れてくるんだからね」

ザビリアの話を聞いていて、似たような会話をしたことがあったなと思い出す。

「そう言えば、クェンティン団長の話でも、ザビリアと私の同調具合は驚くほど良いってことだったわよね。ザビリアが上位の魔物だから、こんなにも強く結び付いたのかしら？」

「それも理由の1つだと思うけど、加えて、契約時の魔物の感情も関係してくるのじゃないかな。つまり、『契約主に隷属したい魔物の思いの強さ』と『魔物のレベル』、この2つで決まると僕は思うんだ」

「……そうなのね」

つまり、ザビリアが嫌々契約していたら、私とはほんのちょっぴりしか結びつかなかったということね。

「それでね、『従魔の契約』は生涯にわたる長期契約だから、おいそれとは結べないけれど、契約にも満たない『期待を利用する方法』なら、試してみるのも面白いかなと思って」

ザビリアの提案について、聞き返す。

「期待？」

「そう、フィーアがどれほど凄いことができるのかが分かったら、『フィーアを守れば、この力の恩恵にあやかれる』と期待して、契約なしでも竜たちは頑張って働くんじゃないかってこと。その際、魔物の思いが強いほど、隷属の契約と同じように高い効果が表れると思うんだ。少なくとも人と契約済の従魔には効果がありそうだったから、ここにいる自然の魔物相手でも可能じゃないかと思ってね」

「まあ、面白いことを考えたわね」

そう言えば、『星降の森』に黒竜探索に行った際、第四魔物騎士団の従魔たちも同行していたけれど、私と連動して戦った後は、契約主よりも私に従ってくれたことを思い出す。

あの時と似たような状態を作り出そうということかしら。

「そのために私の凄さを見せつける？」

けれど、魔物の中でも上位種である竜たちに、一見して分かるほどの凄さを見せつけるのはかなりの難題だ。

それなのに、竜たちから守ってもらうため、何か凄いことを披露するなんて……と考えたところで、はたと我に返る。

あ、違うわね。

ザビリアの言葉につられて、竜たちから守ってもらうことを前提に考えていたけれど、そもそも竜たちが守りたいのはザビリアであって私ではないのよね。

むしろ私は王様であるザビリアを攫《さら》っていく立場だから、私の方がザビリアのために何ができるかを示して、竜たちを安心させるべきじゃないかしら。

うーんと頭を悩ませたけれど、……私がザビリアのためにできることなんてそんなに多くはないのだ。

だとしたら、せめて私がどれだけザビリアを大事に思っているかを分かってもらい、安心してもらうべきだろう。

私はぐるりと竜たちを見回すと、彼らに向かってぺこりと頭を下げた。

それから、皆に聞こえるよう大きめの声を出す。

「こんにちは、フィーア・ルードです！　皆さんの大事なザビリアをお預かりしていきます。ザビリアは大切なお友達なので、決して……は無理かもしれませんが、あまり、それほど危険な目に遭わせないよう気を付けます」

本当は私が全てからザビリアを守る、と言い切りたいところだけれど、『どうやって？』と聞き返されたら返答に困るため、自分ができそうなことだけを約束する。

両手を握りしめ、必死になって力説していると、ザビリアの笑いを含んだ声が聞こえた。

「……本当に、可愛らしい聖女だね」

◇　◇　◇

『ザビリアを危険な目に遭わせないよう気を付ける』と発言した途端、1頭の竜が反論するかのように叫び声を上げた。

何か気に障ったかしらと顔を向けると、竜は片方の翼を広げ、地面に落ちていた鳥真似の羽を指し示した。

「うっ、それは……」

さすが上位種の竜だ。知能が高く、痛いところを突いてくる。

「ええと、その、黒い羽……ですね」

咄嗟に目に映ったことを口にしてみたけれど、無駄な足掻《あが》きであることは分かっていた。

なぜならこの世界に存在する黒い翼持ちは、黒竜しかいないからだ。

にもかかわらず、地面に落ちている羽は明らかにザビリアのものでない。だとしたら、それは様々に変態する特定の存在のモノで……

「ご、ごめんなさい！　それは魔人の羽です。どういうわけか今日はたまたま魔人と遭遇しましたが、次からは危険な目に遭わせないように気を付けますので！」

誤魔化しようもないため、素直に謝罪する。

ああ、失敗した。危険な目に遭わせないよう気を付けるといった舌の根も乾かないうちに、30年間姿を見せなかった魔人に遭遇したと告白するなんて、竜たちから全く信用できないと思われたに違いない。

がくりと項垂れていると、しんとした沈黙が落ちる。

呆れられていると思い顔を上げられずにいると、おかしそうなザビリアの声が響いた。

「ふふふ、どう？　僕の聖女は可愛らしいだろう。いつだって正直で、誠実で、僕を守ろうとしてくれる。そもそも僕が王になろうと思ったのはフィーアを守るためだから、彼女がいなければこの地にきて王を目指すこともなかっただろうね」

だからねぇ、とザビリアが続ける。

「彼女は僕の主だから、むしろお前たちが礼節を尽くすべきだろう。僕が想定していた形とは異なったけれど、……フィーアは主であるにもかかわらず、頭まで下げて僕を大事にする気持ちを示してくれた。だから、僕に従うお前たちが、この時点でフィーアに膝を折るべきじゃなかったのか？」

その瞬間、ふいにザビリアの声質が変わったように思われ、その場の空気が凍りついたような感覚を覚えた。

それは竜たちも同じだったようで、彼らはびくりとした様子で背筋を伸ばすと、まるで硬直したかのように動きを止める。

そんな中、ザビリアは冷めた視線で竜たちを見つめた。

「お前たちは、フィーアが僕の主だという意味をきちんと理解すべきだな」

氷のような声で言い切ると、ザビリアはするすると体を小さくしていった。

そして、あっという間に普段通りの小ささになると、私の肩に乗ってそっぽを向いた。

……まあ、黒竜王様はご機嫌斜めですよ。

分かりやすく拗《す》ねたザビリアを見て、どうしたものかと困ってしまう。

けれど、ザビリアの態度は私以上に竜たちに衝撃を与えたようで、彼らはおろおろとした様子で翼を広げたり、その場で足踏みしたりと落ち着かない様子を見せた。

それから、首を伸ばしてくると、普段よりも高い声で甘えるかのように何事かを訴えていたけれど、ザビリアは明後日の方向を向いたまま一切返事をしなかった。

まあ、これほど竜たちが反省の気持ちを表しているのに、一切取り合わないなんてザビリアは心底お冠《かんむり》だわ。

そんなザビリアを取り囲み、頭が地面に着くほどしょげ返っている竜たちを見て、かわいそうな気持ちが沸き起こる。

人より優れていると自負している竜たちが私に敬意を払わないことも、王と認めたザビリアに忠誠心の全てを捧げることも、納得できるし仕方がないことだと思ったからだ。

私はザビリアの頭をよしよしと撫でる。

「ザビリア、私を大事に思ってくれてありがとう。滅多に怒らない王様が怒ったから、竜たちは打ちのめされているように見えるわよ」

それでもつんとそっぽを向いたままのザビリアに心が温かくなる。

そもそもの計画は、私に凄いことができると示すことで、竜たちから契約なしで守ってもらおうというものだった。

けれど、守ってもらうこと自体が間違っていると思われたため、私がザビリアのためにできることを示して竜たちを安心させようとしたところ、説明内容が不十分で納得させることができなかった。

そんな話だというのに、私の説明に納得せず、私を受け入れなかった竜たちにザビリアは怒っているのだ。

それもこれも、私を大事に思ってくれているからだろう。

「ザビリア、私のために怒ってくれてありがとう。ザビリアの気持ちは凄く嬉しいわ。けれど、私がザビリアを好きなのと同じくらい、竜たちもあなたのことが好きだと思うから仲直りをしましょう。これから私と一緒にこの地を離れるのだから、喧嘩《けんか》をしたまま別れる訳にはいかないでしょう？」

「……………分かった」

不承不承という感じで了承すると、ザビリアはつんと顎を上げた――といっても縮小していたので、竜たちよりもだいぶ目線が低く、可愛らしい姿だったけれど――居並ぶ竜たちに向かって口を開く。

「心優しい主の言い付けだから今回は見逃すけど、次はないからね」

竜たちは目に見えてほっとした様子を見せると、私に感謝するかのような仕草を示し始めた。

その様子を見て、あれれ、もしかしてここまでがザビリアの作戦だったのじゃないかしらと思い至る。

私が何を示したとしても、竜たちを感心させるまでには至らなかっただろうから、最後にザビリアが怒って、私を大切に扱わないといけない、と思わせるところまでがワンセットだったのではないだろうかと。

そうだとしたらザビリアは策士ねと苦笑しながら、私は竜たちに問いかけた。

「ザビリアの仲間になってくれてありがとう！　最後に、あなたたちの怪我を治してもいいかしら？」

そもそも魔物は大なり小なり怪我をしているのが常態のため、集まっている竜たちも鱗が剝げたり、体のあちこちに治り切っていない傷が残ったりしていたからだ。

そのことが気にはなっていたものの、勝手に治癒したら、プライドの高い竜たちから『余計なことをして！』と怒られることが目に見えていたため、手を出せずにいたのだ。

けれど、ザビリアの助力により、私を受け入れることになった今ならば、どの竜も表立っては反抗しないはずだ。きっと、恐らく。

そう考え、ここがチャンスとばかりに竜たちに言い募る。

「あなたたちの大事なザビリアを連れて行ってしまうのだから、せめてもの逆はなむけを贈らせてちょうだい」

そう言うと、私は竜たちの返事を待つことなく片手を上げた。

「癒しの光よ、眼前の忠実なる竜たちに降り注げ。――――『回復』」

重ねて、もう1つ魔法を発動させる。

「守護なる鎧《よろい》よ、現れ、覆いて竜たちの身を守れ。――――《身体強化》防御力20％増！」

使い慣れた魔法のため、通常であれば詠唱なしで行うものだけれど、少しでも効果の高い魔法を発動させたい思いから、一言一言を丁寧に口にする。

これからザビリアと離れてしまう竜たちが、できるだけ安全でありますようにと願いを込めた詠唱が終了すると、煌《きら》めきとともに優しい魔法が竜たちの上に降り注いだ。

その瞬間、竜たちの体が光を帯びるとともに、剝がれていた鱗が再生し、傷が治癒する。

同時に、竜たちの体を薄い膜のようなものが覆い防御した。

――瞬きほどの時間の後、目の前にいたのは、まるで生まれたてのように綺麗な姿をした竜たちだった。

「……ギャ？」

「……ャ？」

そして、そんな竜たちは、何が起こったのか分からないといった様子で首を傾げていた。

その様子が可愛らしく思われたため、思わず微笑みが零れたけれど、同じようにザビリアも微笑ましいと思ったのか笑い声を上げた。

「ふふふ、僕と主がこの地を旅立つにあたり、生まれたてのような綺麗な姿と、しばらく消えない防御効果を与えられるなんて、……これは僕も予想しなかったな！」

「……ギャ！」

「……ャ!!」

竜たちが弱々しく何事かを主張していると、ザビリアがおかしそうに頷く。

「ああ、そうだね、フィーアが最初にこの魔法を行使すれば、話は簡単だったと思うが、それをやらないところが僕の主なんだよね」

というか、この魔法は明らかにやり過ぎだし、お前たちがフィーアに心酔し過ぎても困るから、事前に分かっていたら止めていたけど、とザビリアは続けて、竜たちから短い反論の声をもらっていた。

ひとしきり竜たちと会話を交わした後、ザビリアはご機嫌な様子で私を見上げた。

「フィーア、全ての竜たちはフィーアを守護するし、僕があなたに同行することに賛成のようだよ」

「……それはまた、信じられないほど物分かりがよくなったわね」

何だかんだで、最終的には上手に竜たちをまとめ上げるザビリアの手腕に感心していると、後ろでカーティス団長がぽつりとつぶやくのが聞こえた。

「契約もなしに、全ての竜がフィー様の味方になることを申し出るとは想像もしなかったな。……従魔というのは、大聖女様がいらっしゃった３００年前になかった技術だ。もしかしたら、私たちは正しい在り方を理解しておらず、『聖女』によって完成するものかもしれないな」

……相変わらず、私贔屓《びいき》が過ぎるカーティス団長のセリフなのだった。

――そうして、私たちは竜たちにお別れを告げると、ザビリアとともに霊峰黒嶽を後にした。

◇　◇　◇

霊峰黒嶽を下山するにあたり、訪問した時と同じようにカーティス団長と私はザビリアに、グリーンとブルーはゾイルに乗せてもらうことになった。

空を飛翔することは非常に便利で快適ではあったものの、騎竜したまま騎士団の砦まで進んだら大変なことになるため、麓《ふもと》付近で降ろしてもらう。

「ゾイル、色々とありがとう。後はよろしくお願いするわね」

ゾイルを見上げながら今後のことをお願いすると、灰褐色の竜は了解したとばかりに大きく頷いた。

素直に従ってくれる様子を見て、よかった、最後は仲良くなれたようだわと嬉しくなる。

私はこれまでのお礼を笑顔で伝えると、手を振ってゾイルと別れた。

さて、ここから先はどこに人目があるか分からないため、徒歩で進むと決めた途端、ザビリアが小さなサイズになって肩に乗ってきた。

その様子を見たブルーが遠慮がちに口を開く。

「黒竜殿、もしよければ私の肩に乗りませんか？」

ザビリアを肩に乗せ続けることで私が疲れるのではないかと、ブルーは気を遣ってくれたようだけれど、予想通りザビリアは返事をしなかった。

「私は大丈夫よ、ブルー。心配してくれてありがとう」

代わりに私が返事をしていると、遠くでかすかに人の声が聞こえた気がした。

こんな山の中に誰かいるのかしらと目を凝らしていると、木々の間からちらちらと騎士服らしきものが見え始める。

「え、騎士？」

どうしてこんなところに騎士がいるのかしらと不思議に思っている間に、その姿はどんどん近付いてきて、先頭に見知った顔が見えた。

「姉さん！」

嬉しくなって走り寄って行くと、驚いたような表情の姉さんと視線が合った。

「フィーア！　無事だったのね」

「えっ？」

またもや何か心配をかけたようだわと、焦りながら姉さんの腕の中に飛び込むと、ぎゅううっと抱きしめられる。

「霊峰黒嶽の中腹に、数十頭もの竜が集結していたのが見えたから、急遽捜索隊を編成して迎えに来たところだったのよ！　無事でよかったわ」

姉さんの後ろを見ると、ガイ団長以下十数人の騎士が見える。

まあ、お忙しい騎士たちに捜索いただいたなんて申し訳ないことをしたわ。

そう考えて眉をふにゃりと下げていると、騎士たちの間からガイ団長がずかずかと歩み寄ってきて、焦った様子で大声を上げた。

「とりあえず砦に戻るぞ！　もはやオリアが言っていたような、数十頭の竜どころの話ではないからな！　いいか、この付近に『黒き王』が潜伏している!!　つい先ほど、『黒き王』とその側近らしき灰褐色の竜がこの辺りに舞い降りるのが見えた。しかし、再び飛び立ったのは灰褐色の竜だけだった。つまり、『黒き王』が間違いなくこの付近に潜んでいる！」

「えっ、そっ、そうなんですか？」

しまった、ここまでザビリアに乗って来たのは失敗だったと反省しながら、何も知らない様子で言葉を返す。

心臓がばくばくとして挙動不審になる私とは異なり、カーティス団長、グリーン、ブルーの３人は誰一人慌てる素振りもなく、私の肩に乗っているザビリアに視線も向けなかった。

全員ともに素知らぬ様子でガイ団長の話を聞いているのだ。

犯人が犯行現場に戻るという話ではないけれど、普通なら誤魔化そうと思いながらも、どうしても視線がザビリアに吸い寄せられるはずなのに凄いわね。

そう感心しながら成り行きを見守っていたけれど、汚れ仕事はやりたくないのか、誰一人積極的に説明をしない。

そのため、ここは私が誤魔化すしかないと、それらしき話を捏造《ねつぞう》するため口を開く。

「ええと、実はですね、……黒竜は太ったみたいなんですよ」

ここだけの話である感じを出したくて声を潜めたのがまずかったのか、ガイ団長は話を聞き返してきた。

「ふと……何だって？」

毒を食らわば皿までよ、とガイ団長を騙し切ることを決意した私は、生真面目そうな表情を作ると言葉を続ける。

「実はこの数日間、黒竜のねぐら近くに潜んでこっそりと観察していたんですが、黒竜は太ったようでダイエットのために色んな場所を歩いているんですよ。恐らくガイ団長が見たのは、黒竜がウォーキング開始地点まで飛んできた場面で、今頃は少しでも痩せようと、ねぐらに向かって一生懸命歩いているんじゃないですかね」

「そ……んな生態が、黒竜にはあったのか!?」

驚愕した様子で大声を上げるガイ団長を見て、あっ、信じたわよと嬉しくなる。

よかった、ガイ団長は人の話を真に受けるタイプだったのね。

「ということは、『黒き王』は頂上へ向かって歩いているんだな？　よし、鉢合わせの危険は無くなったぞ!!」

ガイ団長が安心したような笑みを浮かべたのを見て、カーティス団長と姉さんが冷たい視線を送っていた。

視線の意味は、騎士団長という立場上、もう少し人の言葉を疑いなさいということだろう。

ごもっともな話だけれど、今回に限っては私の誤魔化し方が上手《うわて》だったということなので見逃してください、と私は心の中で2人にお願いした。

「とりあえず、全員無事で何よりだ！　さあ、砦に戻るぞ」

ガイ団長はそう言うと、カーティス団長とグリーン、ブルー、私の4人を先に進ませ、その後から警護するために付いてきてくれた。姉さんや他の騎士たちも後に続く。

少し歩いたところで、ガイ団長はザビリアに気付いたのか、まじまじと見つめてきた。

「フィーア、その肩の鳥はどうした？　山の中で捕らえたのか？　えらくお前に馴れているが、いかんせん汚れすぎて真っ黒だな！　肩に乗せただけで服が汚れるんじゃねぇか」

世界中を探しても、黒い翼持ちは黒竜しかいないため、ガイ団長らしい解釈に基づいた発言だ。

けれど、問題はザビリアがその発言をどう思うかだ。

恐る恐るザビリアに視線をやると、不満気な表情でガイ団長を睨みつけていたため、これはまずいと慌てて団長を諫《いさ》める。

「ガ、ガイ団長、お言葉を返すようですが、黒はとっても素敵な色ですよ！　必ずしも汚れた色というわけではありません。少なくとも私は黒が大好きです」

「そうかー？」

首を傾げるガイ団長の隣では、姉さんが優しい瞳でザビリアを見つめていた。

姉さんは領地でザビリアの姿を見たことがあったため、恐らく私の肩の上に乗っている黒い生物が何モノであるかを正確に把握しているはずだ。

賢い姉さんならば滅多なことは口にしないだろうけれど、説明は必要よねと考えて口を開く。

「姉さん、この間の話では、黒嶽から多くの魔物が溢れてきて、騎士たちが対応しきれずに困っているとのことだったけれど、今後は改善すると思うわ。だって、黒竜は新天地を求めて別の地に旅立つ予定だから！」

けれど、姉さんが何か答えるより早く、ガイ団長から反論される。

「は!?　そんなわけねぇだろ！　竜は基本的に棲み処を変えねぇ。今さら『黒き王』がこの山を出て行く理由がない!!」

ガイ団長の発言は一般的な知識に基づいた、納得できるものだった。

そのため、通常であれば肯定される話なのだろうけれど、全ての事情を分かっている姉さんは考えるかのように顎に手を当てると真っ向から否定した。

「一般的な竜と伝説の古代竜では、生態が全く異なるかもしれないわね。もしかしたら、『黒き王』はもっと棲みやすい場所を見つけたんじゃないかしら。たとえば、王都とか？」

姉さんの発言を聞いたガイ団長は、驚愕して飛び上がる。

「ひっ、オリア！　お前は常識派に見えて、時々、突拍子もない発言をするな。『黒き王』が王都に現れたら、あの美しい街並みは一瞬にして焼け野原になるぞ。そして、誰もが『黒き王』は王国の聖獣ではなく、最強最悪の魔獣だということを理解するだろう」

「……その前に、ガイ団長が焼け野原になりそうですけどね」

ガイ団長を睨みつけているザビリアを見て、オリア姉さんは至極有用な警告を発した。

けれど、警告を発せられたガイ団長は全く気付いていない様子で、カーティス団長に話しかけていた。

「ところで、カーティス、お前たちはここ数日間、山の中で何をしていたんだ？　フィーアの話じゃあ、遠くから『黒き王』を観察していたとのことだが、そればかりじゃあ飽きただろう。全く怪我をしてないし、その綺麗な姿を見ると、ほとんど魔物に遭わなかったみたいだな」

そう言いながら、ばしばしと背中を叩いてくるガイ団長を、カーティス団長は呆れたような表情で見つめていた。

「お前は平和だな」

カーティス団長がそう返したくなる気持ちはよく分かる。

怪我は全て魔法で治癒したし、服を着替えたため見た目はすっきりしているけれど、カーティス団長は魔人との死闘を繰り広げた直後なのだから。

にもかかわらず、何の悩みもなさそうな表情で能天気なことを言われれば、ため息の一つもつきたくなるというものだ。

けれど、ガイ団長の方がある意味勝っていたようで、「図星か。魔物に遭わなかったんじゃ、食料に困っただろう」と心配そうな表情で続けていた。

それから、「砦にはいっぱい食い物があるからな！　吐くまで食え!!」と言いながら、カーティス団長の背中をばんばんと叩いていた。

……ガイ団長は恐ろしく鈍いだけで、悪い人ではないのだ。

◇　◇　◇

全員が砦に戻ったところで、その日はゆったりと過ごした。

つまり、顔見知りの騎士たちから無事の帰還を喜ばれる中、ザビリアを肩に乗せて砦の中を回ったり、騎士たちが訓練している様子を眺めたりした。

約束通りカーティス団長は、ガイ団長から肉料理攻めにあっていた。

どういうわけか、グリーンとブルー、私も巻き込まれて同様の攻撃を受ける。

出された料理の全てを4人で平らげたところ、ガイ団長から目をむかれた。

「マジか!? これは20人分の食料だったんだが!!」

そして、よっぽど腹が減っていたんだなと同情されたけれど、いいえ、山の中でも毎日同じ量を食べていましたよ。

ただし、周りに竜しかいなかったので、食事量の感覚がおかしくなっていたのかもしれませんが。


夕食時、近くに座っていたカーティス団長から今後について提案された。

「フィー様、次はいつオリアに会えるか分かりませんので、この砦にしばらく滞在されてはいかがでしょうか」

「え、いいのかしら?」

復路にかかる日数を含めると、3週間の休暇を明らかに超えるように思われたため問い返すと、カーティス団長から問題ないと頷かれた。

「シリル団長も事前に了承済みの案件ですから、問題ありません」

確かにシリル団長から、この地に滞在する期間は業務扱いにすると言われたけれど、ただ滞在するだけの期間を業務と見做してもらっていいものだろうか。

「うーん?」

両腕を組み、首を傾げて考える。

けれど、すぐにいいものだろうと結論付けた。

「うちのご立派な騎士団長様は団員のことをよく理解しているはずだし、理解した上で指示を出したのだろうから、好きなだけこの地に滞在するのはありだわね。カーティスの言う通り、今後は姉さんと一緒に過ごせる機会なんてなかなかないだろうし」

私はルールを緩く解釈するタイプなのだ。

ということで、「黒竜不在時の霊峰黒嶽における竜たちの移動状況を確認する」目的で、私たちは引き続き砦に滞在することにした。

シリル団長も黒嶽から魔物が溢れ出して騎士たちが困っていると言っていたことだし、状況を正しく把握することは必要な業務だと自分に言い聞かせる。

類は友を呼ぶのか、私たちに合わせてグリーンとブルーも同じ期間だけ砦に滞在すると言い出した。

お国ではレッドが一人で家業を切り盛りしているだろうに、次男と三男は自由なことだわ。

そうレッドに同情していたけれど、この2人は器用で、頼まれたことは何でもそつなくこなすため、騎士たちから重宝されていた。

「……帝国にいるレッドには悪いけれど、砦にいる王国騎士にとってはありがたいことだわ」

そう考えた私は、決して2人の帰国を急《せ》かさなかった。

それからしばらく経ったある日の昼下がり、私は全てに満足して姉さんとお茶を飲んでいた。

さすがにゆったりし過ぎたので、明日にでも砦を発とうと話をしていたところ、ルード領から使いが来たとの伝言が入る。

「え、ルード領からお使いが来たの？　まあ、誰かしら？」

疑問に思いながら姉さんと一緒に迎えると、顔なじみの女性騎士であるリンだった。

これはまた久しぶりに懐かしい顔を見られたわと、姉さんと一緒に歓迎する。

ルード領からこの砦まで遠くはないけれど、幾つも山を越える必要があるので、わざわざ何事かしらと尋ねると、リンは細長い布の塊を差し出してきた。

「これは何かしら？」

姉さんにも思い当たることがないようで、首を傾げながら尋ねている。

リンは困ったように眉を下げた。

「それが、1か月ほど前に突然、アルテアガ帝国の貴族に仕えているという騎士が訪ねて来たんです。何でも主である貴族が婚約相手を探しているとのことだったので、フィーアさんの肖像画をお譲りしました。その際、身元保証の代わりにとこちらを置いていかれたのですが、明らかに立派なものでしたので、判断を仰ごうとお持ちした次第です」

「えっ、私の肖像画!?　こ、こ、こ、婚約ですって??」

寝耳に水の話に思わず椅子から立ち上がったけれど、姉さんもリンも動揺している私を微笑ましそうに見ただけだった。

「フィーア、落ち着きなさい。肖像画を渡すのはよくある話よ。ただし、10枚渡しても1回のお見合いにつながるかどうかだから、そう期待するものではないわ」

「あ、は、はい……」

「でも、帝国からの打診というのは……」

姉さんが考える様子で目を眇めたところで、リンが言葉を引き取る。

「そうですね、帝国からのお話は初めてですよね。応対した騎士によると、最も位の高そうな騎士は年若い青髪の美丈夫だったそうです」

「青髪の美丈夫！」

リンの言葉を聞いた瞬間、思い当たることがあり声を上げる。

そうだわ、この間ブルーからルード家に立ち寄ったと告白されたのだった。

初めて出会った時同様、ルード領の近くにある中級者の森をうろうろしていたところ、たまたま我が家に立ち寄ったとのことで、その時に一緒にいたブルーの仲間が、彼の剣と誰かの肖像画を交換したとの説明を受けていたのだった。

しかも、肖像画をほしがったのは婚約うんぬんという話ではなく、お国の占い師の占いに基づく行動との話だった。

初めて出会った時も、占いの結果だからと魔物の左手をほしがっていたことを思い出し、色めいていた話が一気にそうでなくなる。

恐らく占いの結果とは言い辛かったブルーたちが、我が家では婚約者を探していると説明したのだろう。

「あー、姉さん、その騎士はブルーよ。ブルーは前からあの辺りをうろうろしていたみたいだし、たまたまルード家に立ち寄ったって話を聞いたのだったわ」

気持ち的にがっかりして説明すると、姉さんがおかしなことを言い出した。

「あら、ブルーは父さんに挨拶するつもりだったのかしら？」

いいえ、家族に苦情の申し立てに来るほど、私はブルーに迷惑を掛けてはいませんよ。

そんな意思表示を込めて首を横に振ると、姉さんは考える様子で顎に手を当てた。

「でも、フィーアの肖像画と引き換えに剣を置いてくなんて、騎士家への対応としては悪くないわね」

それから、姉さんは布の包みを解いて剣を取り出す。

「……え？」

けれど、その剣を見た瞬間、私は息が止まったような衝撃を受けた。

目を見開き、硬直したように動けないでいると、私の様子に気付いていない姉さんが感嘆したような声を上げる。

「まあ、確かにこれは立派な剣ね！　柄《つか》部分に大きな石が入っているし……これは魔石かしら？

フィーア、この大きさの魔石だなんて、ブルーは一財産置いていったんじゃ……」

顔を上げ、私の表情を確認した姉さんの言葉が止まる。

なぜなら私の両目からは、ぼたぼたと大粒の涙が零れ落ちていたからだ。

「フィーア？」

驚いたように立ち上がった姉さんのもとにふらふらと近寄ると、私は無言のまま、美しい黒い剣を手に取った。

「……っ」

300年ぶりに手にした剣は手に重く、ずしりとした感触を伝えてくる。

ああ、長い年月を越えて、私の手の中に再びこの剣が戻ってくるなんて……

私の両目からは、ぽろぽろと涙が零れ続ける。

――これは、300年前に私がシリウスに贈った剣だ。

彼の剣を抱きしめながら言葉もなく涙を流していると、慰めるように私の肩に手を置いていた姉さんが、何かに気付いたような声を上げた。

「ブルー、ちょうどよかったわ！　たった今ルード家から剣が届けられたのだけれど、これはあなたのものかしら？」

「剣って……えっ、フィーア、どうかしたの!?」

焦ったような足音が聞こえたかと思うと、ブルーがすぐに側まで来て、驚いたように顔を覗き込んできた。

それから、私の頬を流れる涙に気付くと、ぎょっとしたように後ろに飛び退った。

「フィ、フィ、な、涙。え、あ、ハンカチ。あっ、ポケットから出てこない。あっ、どうしてこんな肝心な時に！」

びりりっと派手に布地が裂ける音が続く。

頭上では取りなすような姉さんの声が聞こえた。

「落ち着いて、ブルー。あなたの方がフィーアよりよっぽど酷い顔色に見えるわよ。フィーアはね、この剣を見た途端に泣き出してしまったの。これはあなたのものでよかったのかしら？」

「いや、これは私の剣ではなくて、ぶ……仲間の剣だ。ええと、その仲間はかつて立派な帝国騎士だったため、国から褒賞としてこの剣を与えられたと言っていた」

「そんな由緒ある剣を、あなたの仲間は置いていったの？」

「あっ、その……、な、仲間は変わり者でね。元々、肖像画と剣を交換しなければならないと占いで出ていたところに、ルード家で『領内練習試合1000敗記念の逆勲章』を見て感銘を受け、こういう騎士にこそ立派な剣を持ってもらい、強くなってほしいとか何とか……」

ブルーの声は尻すぼみになって聞こえなくなったけれど、大体のことを理解した姉さんが言葉を引き取った。

「なるほど、その逆勲章を取った全敗の騎士は幼いフィーアだから、フィーアに強くなってほしかったってことかしら？　それにしても、帝国騎士絡みの由緒ある剣を簡単に置いていくなんて、お仲間は豪気な方ね」

姉さんの声は感心したような響きを帯びていたけれど、私はそれを否定した。

「いいえ……これは帝国の剣ではないわ。ナーヴ王国の剣よ」

なぜならシリウスは、我がナーヴ王国が誇る騎士だったのだから。

そして、恐らく彼はこの剣を、決して手放さなかっただろうから。

それとも、シリウスが亡くなった後に、ナーヴ王国からアルテアガ帝国へこの剣が譲られたのだろうか。

詳細は分からないけれど、………いずれにせよ、シリウスの剣は再び私のもとに戻ってきてくれたのだわ。

私はぎゅっと両腕で剣を抱きしめた。

「……姉さん、私、この剣がほしい」

顔を上げ、姉さんを見つめながらお願いすると、姉さんは確認のためブルーに視線を移した。

「ブルー、由緒ある立派な剣のようだけど、本当にもらってもいいのかしら？」

「もちろんだよ！　フィーアに所持してもらうなら、この剣も本望だろう」

ブルーは何度も大きく頷いてくれた。

そのため、姉さんが嬉しそうに私を見下ろす。

「だそうよ、フィーア。よかったわね、今からこの剣はあんたのものよ」

「……ありがとう」

私は2人に向かって大きく頭を下げると、再び剣を抱きしめた。

それから、シリウスに思いを馳《は》せる。

……シリウス、この剣を大事に使ってくれてありがとう。

おかげで刃こぼれ一つない状態で、３００年経った今、再びあなたの剣に巡り合うことができたわ。

「一目惚れした剣を所持できるなんて、フィーアは幸せ者ね」

そう言いながら、姉さんは私が泣き止むまで抱きしめてくれた。

突然剣を抱きしめて泣き出した私を見て、姉さんはそう結論付けたようだった。

確かにシリウスの剣は一目惚れするほど美しいわと考えた私は、それ以上説明することもできなかったため、黙って姉さんの言葉を受け入れた。


――その日、私はシリウスの剣を枕元に置いて眠った。

シリウスの夢を見ることはなかったけれど、ぐっすりと眠ることができ、そのことが彼のおかげのように思われる。

シリウスの剣が戻ってきたことを報告するとともに、カーティス団長にその旨を告げると、戸惑ったように瞬きをされた。

「フィー様はいつだって安眠されると思っていましたが……。逆にお尋ねしますが、最近、寝つきが悪かった日がございましたか？」

「……そう言われれば、基本的に毎日ぐっすり眠っているわね」

いつだってカーティス団長は、私に真実を見つめ直させてくれるのだった。


――――翌朝、カーティス団長、グリーン、ブルー、ザビリアとともに、私は第十一騎士団の砦を出立した――――長らく滞在する間に仲良くなった、多くの騎士たちに別れを告げながら。

私は片手でシリウスの剣を握りしめながら、もう片方の手を振ると、笑顔で姉さんやガイ団長に別れを告げた。

魔人には遭遇したけれど、ザビリアは戻ってくるし、姉さんには会えたし、カーティス団長、グリーン、ブルーとは旅ができたし、シリウスの剣と再会できたしと、この地にきてよかったと心から思いながら。

私の肩の上にはザビリアが乗り、霊峰黒嶽を見上げていた。

私も真似をして黒嶽を見上げると、その背景に雲一つない青空が見えた。

……こんなに気持ちがいい快晴だなんて、王都に戻ってからの楽しい未来を暗示しているのじゃないかしら。

私はそう嬉しく思いながら、砦を後にしたのだった。

クェンティン団長へのお土産

第十一騎士団の砦を出立した翌日、とうとうグリーンとブルーの2人と別れることになった。

現在地から見て王都は南方向なのに対し、アルテアガ帝国は東方向だったため、行き先が別れたからだ。

「グリーン、ブルー、どうもありがとう！　おかげですごく助かったわ」

私は2人を交互に見つめると、笑顔で別れの挨拶をした。それから、レッドへの言葉を付け足す。

「レッドによろしくね！　次にまとまった休みが取れる時には、3人でナーヴ王国に来ることができるといいわね」

思ったより長い旅程になってしまったため、グリーンとブルーとともに旅をしていた時間もずっと、レッドが一人で家業を切り盛りしていたのだと考えてかわいそうになったからだ。

3人分の仕事をしていたのだから、レッドはくたくたになっているに違いない。

そう考えた私はがさごそと荷物を漁ると、持っていた10本近くの回復薬を全てグリーンに手渡した。

ここから先はザビリアとカーティス団長しかいないため、人目を気にする必要はなく、怪我人が出ても回復魔法を掛ければ済むと考えたからだ。

「フィーア、これは？」

けれど、緑色の液体が入った小瓶を受け取ったグリーンは、まるで回復薬を初めて目にしたかのように戸惑った表情を浮かべた。

そのため、グリーンに説明する。

「回復薬よ。これを飲めばどんな状態でも完全に回復するはずだから、疲れているレッドに渡してちょうだい」

「……どんな状態でも完全に回復するだと？」

用心深そうな表情で確認してくるグリーンに、私は慌てて言い募る。

「あ、言い過ぎたわ。昏睡状態になったとか、怪我で血液の半分を失ったとか、その辺りくらいまでなら回復するけれど、腕や足の欠損には効かないわね」

「それは……」

グリーンは半信半疑といった表情で、回復薬の瓶と私の顔を交互に見つめてきた。

彼が何を疑っているのかにぴんときた私は、言葉にされていない疑問に答える。

「そうだったわ、通常の回復薬は透明だったわね。えーと、グリーンにはこの回復薬が緑色のおどろおどろしいものに見えているかもしれないけれど、効果は保証するわ。というよりも、黒嶽に珍しい薬草がたくさんあったから嬉しくなって調合したら、滅多にないような効果の高い回復薬ができたのよね」

「フィーア、お前が作ったのか？」

「ええ、砦では十分時間があったから、ちょちょいのちょいってね」

気軽なお土産であることを強調するため、コミカルな様子で指先を振り回しながら説明する。

けれど、なぜだかグリーンは笑う代わりに大きなため息をつくと、がくりと肩を落とした。

「はあっ、お前に自由時間を与えると、大変なことになることがよく分かった」

それから、グリーンは真剣な表情で尋ねてくる。

「本当にこんな貴重な薬をもらっていいのか？」

「もちろんよ！　レッドは一人でくたくたでしょうし、私にできることはこれくらいだもの」

むしろこんなことで、一人で大変な仕事をしていたレッドへの埋め合わせになるものかしら、と心配になりながら返事をする。

すると、グリーンから無言のまま深く頭を下げられた。グリーンの後ろでは、同じようにブルーも頭を下げていた。

その姿を見て、あら、グリーンとブルーもやっと、レッド一人に仕事を押し付けて、自分たちは自由を満喫し過ぎたことに気付いたのかしらと思う。

私や砦の騎士たちはもちろん助かったけれど、一人残されたレッドはたまったものではないわよね。

回復薬くらいでレッドが誤魔化されてくれるといいけれど、と考えていると、反省した様子のグリーンが真面目な表情で口を開いた。

「フィーア、今回の旅に同行させてくれたことについて、改めて礼を言わせてくれ。歯がゆくなるほど役に立たなかったが、その分、オレに何が必要なのかと課題が見えた旅だった」

「えっ、グリーンが謙遜を覚えた!? まあ、もちろん非常にお役に立ちましたよ! 最初に言った通り、2人がついてきてくれたからすごく助かったし、鳥真似に勝てたのもグリーンとブルーのおかげだもの。それに何より、一緒に過ごせて楽しかったし」

驚いて言い返すと、グリーンは頬を赤らめた。

「お、お前は相変わらず、どうしてそう突然、人を褒めるんだ! その上、い、一緒に過ごせて楽しかっただと!? そういうのはわざわざ口に出すもんじゃねえ、恥ずかしいだろうが」

「まあ、最後まで照れ屋なところが健在だなんて!」

幾度となく繰り返されたやり取りもこれが最後ね、と少し寂しく思いながら軽口をたたく。

なぜならグリーンはこれだけ素敵なのだから、次に会った時は褒められ慣れており、照れ屋な性質は収まっているだろうと思われたからだ。

グリーンは赤らめた顔をしかめると、気を取り直すかのように頭を振り、私の肩に両手を乗せた。

「フィーア、元気でな! 大聖堂のことについてはオレに任せておけ」

うん、こういうところよね。

普通に考えたら無理だと思われることでも、何とかしようと請け合ってくれるところがグリーンの男前なところだわ。

私は肩に乗せられたグリーンの手を取ると、ぎゅっと握りしめた。

「ありがとう、グリーン！　でも、無理はしないでね」

「ひっ！」

お礼を言っただけだというのに、グリーンが真っ赤になって飛び退ったので、どういうことかしらと尋ねるような視線をブルーに向ける。

すると、同情するような表情でグリーンを見つめていたブルーと目が合った。

ブルーは私の物問いたげな視線に気付くと、何でもないといった様子で片手を振り、爽やかに微笑んだ。

「フィーア、王国王都で奇跡的に君に再会し、こんなにも長い間ともに過ごすことができて夢のようだった。そろそろ時間切れだから国に帰るが、私はもう一度君のもとに戻って来るからね」

「まあ、私の方こそ色々とありがとう！　一緒に旅ができて楽しかったわ。またね！」

そう言って片手を上げたところで、渡し忘れたものがあることに気付く。

「そうだわ、これをあなたのお仲間の方に渡してくれる？」

胸元から取り出したのは布の袋に入った短剣だった。

「あなたのお仲間の方から、私はかけがえのない剣をいただいたの。いつか直接お礼を言えればと思うわ」

その言葉とともに手渡したのは、ブルーと一緒にルード領を訪問し、シリウスの剣を置いていってくれた帝国騎士への感謝を込めて、できる限りの効果を付与した短剣だった。

布に包まれているため、ブルーはそれが何かは分からなかったようだけれど、「必ず本人に手渡すよ」と約束してくれた。

手元が空っぽになったところで、もう1つ渡すべきものがあったことを思い出す。

「あっ、もう1つあったわ。これを妹さんに渡してくれる？」

私は作ったばかりの髪飾りをポケットから取り出すと、そっとブルーの手の上に載せた。

ブルーは何気なく受け取った後、「えっ？」「嘘でしょう？」と言いながら、手の中の髪飾りを二度見返した。

それから、目を見開いて髪飾りを凝視すると、わなわなと震え出す。

「フィ、フィーア、この青いのって……、それから、この黒い石は……」

ブルーの手の中にあるのは、黒い石の周りを薄い青の鱗で飾った可愛らしい髪飾りだった。

「さすが、ブルー、お目が高いわね！　その青い膜のようなものは、青竜の鱗を加工して作ったのよ。きらきらして綺麗でしょう。それから、真ん中の黒い石は魔石なのだけど、青い鱗と組み合わせると絶妙に素敵な色合いになると思わない？」

竜たちの棲み処を探索していた際、食事場所の隅にごろごろした黒い石がたくさん捨ててあることに気が付いた。

何だろうと確認したところ魔石だったため、適当な大きさのものを失敬してきたのだ。

魔物の食べ物は魔物だけれど、魔石は食べられないため、竜たちは食事の際に魔石を不要物として捨てていたのだろう。

「いや、でも、フィーア、この魔石……」

一心に魔石を見つめながら、わなわなと震えるブルーを見て、あ、そう言えばブルーは魔法探査が得意だったんだわと思い出す。

つまり、魔石に付与した効果が見えているのだろう。

「ブルー、よく気付いたわね！　そうなのよ。この魔石は一度だけ、どんな呪いもはね返すのよ」

「なっ！　そんな凄い効果が付いているの!?」

自分から言い出したくせに、目を見開いて驚愕するブルーを見て、あれえと思う。

「ブルーはこの石に付加された効果に気付いていたんでしょう？　どうして驚くの」

「それは、もちろん魔法を行使できる者として、これほど強力な付与魔法を見逃すはずはないが、詳細な効果の内容までは読み取れていなかったよ。だが、……どんな呪いでもはね返すだなんて、そんな効果は聞いたこともない」

「えっ、その、れ、霊峰黒嶽スペシャルよ！　ほら、色々なものの相性がたまたま良くて、とてもいい効果が付いたみたい」

今さらだとは思いながらも、何とか力を弱くみせようと、誤魔化すための言葉を続ける。

それから、眠り続けていたという妹さんの気持ちを考え、ふにゃりと眉を下げた。

「それにね、妹さんはどんなにか怖いだろうと思ったの。生まれてからずっと眠りの呪いに掛けられていたなんて、その恐怖心はなかなか消えないはずよ。だから、邪《よこしま》なものから守ってくれるお守りが身近にあったら、妹さんも安心できるかと思って。この髪飾りを着けている間だけでも、妹さんの気持ちが休まるといいわね」

「フィーア……」

髪飾りを握りしめたブルーは顔をくしゃりと歪めると、何かの感情を飲み込むかのように唇を震わせた。

そんなブルーの姿を見て、妹さんのことを考えて胸が一杯になっているのね、優しいお兄さんだわと思う。

ブルーは項垂れたまま私の手を握りしめてくると、かすれた声を出した。

「フィーア、妹のことを思いやってくれてありがとう。君がくれた贈り物は、妹にとって何物にも代えがたい宝物となるだろう。本当にありがとう」

「どういたしまして！」

私は笑顔でお礼を言うと、再会を約束して2人と別れた。

◇　◇　◇

グリーンとブルーと別れたことで、同行者はザビリアとカーティス団長だけになった。

半数になってしまったわ、と寂しい気持ちになっていると、肩に乗っていたザビリアが口を開く。

「やれやれ、帝国ではまた新たな伝説ができました、と」

「え？」

何を言っているのかしらと、不思議に思って顔を上げると、呆れたような表情のザビリアと視線が合った。

「僕が思うに、フィーアはサザランドに行った辺りで振り切れちゃったよね。今まではもう少し自重していたはずだけれど、疲労回復薬としてほぼ全ての傷を治す上級回復薬を、お守りとしてあらゆる状態異常魔法を無効化する魔石を渡すなんて、控えめに言ってもやり過ぎだよね」

「えっ、そ、そうかしら？　でも、しょせんは消耗品だし、お土産として適当かなって」

どぎまぎしながら言い訳をすると、ザビリアはおかしそうに私を見た。

「ふうん、フィーアはお土産と称すれば、どんなものでもプレゼントできると思っているんじゃないの？　たとえばこの世界に存在しないような極レア品でもね。もちろんもらった方は大喜びだから、フィーアが後々困らなければ問題ないけど」

「まあ、ザビリア！　私だってちゃんと、あげてはいけないものは心得ているわ」

「そうだといいけど。ところで、僕の背中に乗っていく？　あとは王都に戻るだけだから、空路なら一直線だよ」

さり気なくザビリアが誘いかけてきたため、私はぎくりとして体を強張らせた。

まあ、ザビリアったら気を抜いている時に、核心に触れることを聞いてきたわね。

確かに空路ならば、王城まで最短距離で移動できることは間違いないけれど、そうしたら元々計画していた場所に寄り道できないわ。

「ええと、その……」

何と答えたものかしらと言葉を選んでいると、ザビリアはちらりと私の髪飾りに視線を移してきた――普段身に着けている水色と白のリボンではなく、今回の旅行のために作製した、グリフォンの羽根を使用したリボンに。

途端に、ザビリアの表情が不満気なものに変化する。

「フィーアの瞳は金色だから、グリフォンの金色の羽根が似合わなくはないけど、あなたの赤い髪には僕のような黒い色が似合うんじゃないかな。次は、僕の鱗で髪飾りを作るのはどう？」

「え、そ、そうね」

意外とやきもち焼きのザビリアは、他の魔物の羽根を使用していることがお気に召さなかったようだ。

できる限り早く元のリボンに戻すべきだと思った私は、やっぱり最初の計画通りギザ峡谷に寄り道しようと決心する。問題はそれをどうやってさり気なく提案するかだ。

「ええと、往路は王都からザビリアが棲んでいた霊峰黒嶽まで真っすぐ北上したから、復路は西回りに山沿いを下って、ルード領に寄るのも面白そうね。あの辺りは色々な木や植物があるから、馬で駆けるのもいいし」

何気なさを装って提案してみると、ザビリアからじとりとした目で見つめられる。

「へえ、空路案は却下なんだ。つまり、黒嶽とルード領の間にあるギザ峡谷に寄るつもりだね。しかも、黒竜である僕とともに空から舞い降りることで怯えさせないよう、馬を選択するなんて思慮深いことだね」

「あふっ！」

さすが私の賢いザビリアだ。今後の行動を何となく見透かされているような気がする。

「ザビリア、その……」

他の魔物に興味を持っていると誤解されてはたまらないと、言い訳の言葉を探していると、ザビリアはあっさりと私の提案に首肯した。

「フィーアが行きたいなら付き合うよ。あの地は元々グリフォンの棲み処だったけれど、ここ数か月でさらに多くのグリフォンが集結しているみたいだから、お望みの１頭が見つかるかもしれないしね」

「ぐふっ！」

私のザビリアはどこまで賢いのかしら。

特別な1頭のグリフォンを探していることまで言い当てるなんて、何となく見透かされているどころか、全部お見通しじゃないの。

驚いた私は観念して、無条件降伏する。

「ザビリア、よく私のやりたいことが分かったわね……。お節介かもしれないけど、せっかくこの地まで来たのだから、グリフォンを探してみたいなと思って」

ザビリアに理解してもらおうと説明を続けていると、それまで沈黙を守っていたカーティス団長が言葉を差し挟んできた。

「フィー様はギザ峡谷に立ち寄られて、特別なグリフォンを探されるおつもりですか？」

そうだった、カーティス団長にはまだ何も説明していなかったわ、と口を開こうとしたけれど、それよりも早くザビリアが答える。

「そうだね。『お土産』の名の下に、あのおかしな騎士にグリフォンをプレゼントするみたいだよ」

ザビリアの言葉を聞いたカーティス団長は、理解し難いといった表情で眉根を寄せた。

「クェンティンにグリフォンをプレゼントするのですか？　彼は既にグリフォンを従魔としておりますが」

「ええと、そうなんだけど、この間従魔舎に遊びに行った時に、グリフォンが寂しそうに空を見上げているのに気が付いたのよ。グリフォンは元々群れで生活する魔物だから、ずっと1頭きりでは寂しいだろうし、できることなら仲間を連れてきてあげたいと思ったの」

そこまで聞いたカーティス団長は何かに思い当たったようで、はっとした表情で私の髪飾りに視線をやった。

「まさかとは思いますが、フィー様はクェンティンの従魔に番《つがい》を探してあげるおつもりですか!? 確かにグリフォンは相手を選ぶので、世界中に1頭しか番になり得る相手は存在しませんが。え、もしかして、この旅程の間ずっと、その髪飾りをはめられていたのはそのためですか?」

まあ、さすがカーティスね。説明の途中で正解を引き当てたわよ。

「よく分かったわね！ 番同士は一目見たら分かるっていうでしょう？ だから、番の羽根を目にしただけでも、魅《ひ》かれるものがあるかもしれないと思って、クェンティン団長のグリフォンの羽根を頭に飾っていたのよ。道中でもしかしたら、番のグリフォンに出会えるかもしれないと思ってね」

カーティス団長は両手で顔を覆うと、信じられないとばかりにがくりと項垂れた。

「私が必死になって、霊峰黒嶽を安全に往復できるよう注力していた間、フィー様はグリフォンの番探しに熱中していたわけですか」

「い、いや、熱中というか、その、クェンティン団長にお土産を持って帰ると約束していたし、従魔の番を連れて帰ったら喜ぶかなと思って」

自分でもよく分からない言い訳をしていると、カーティス団長が否定の意味を込めて首を横に振った。

「喜ぶ？　狂喜乱舞の間違いでしょう。ああ見えて、あの男は剣舞が得意なのです。恐らくクェンティンは、とっておきの舞をあなた様に披露しますよ」

「え、そんなの見たくない……」

きっぱりと言い切ったけれど、カーティス団長は肩を竦めただけだった。


何だかんだで私の希望を叶えてくれるカーティス団長とザビリアとともにギザ峡谷に着いたのは、2日後のことだった。

ギザ峡谷は両側に高く切り立った崖が数キロメートルにわたって続く幅の狭い谷で、岩壁のそこここにはグリフォンの巣穴となる横穴が空いていた。

驚かさないようにと離れた場所から確認すると、多くのグリフォンが空を舞っている様子がうかがえる。

「まあ、思ったよりも凄い数ね。ザビリア、最近ギザ峡谷に多くのグリフォンが集まっているって話だったけれど、どうしてか分かる？」

「僕が各地から竜を集めたから、元々黒嶽にいたグリフォンが追い出されて、ギザ峡谷に移ったんだと思うよ。確かに少なくない数だけど、王国北部にいたグリフォンはほぼ集まっているはずだから、こんなものじゃないかな」

「なるほど、そういうことね！　だとしたら、ザビリアのおかげで、この峡谷は今やグリフォンの一大生息地になったというわけね」

探しているのは特別な1頭だから、グリフォンの数が増え、見つかる確率が上がることは純粋にありがたい。

さて、どうやってその番を見つけようかしらと考えていると、ザビリアが酷い提案をしてきた。

「とりあえず、グリフォンの群れを目掛けて僕が咆哮するのはどうかな？　そうしたら、震えあがった臆病なグリフォンたちが慌てふためいて飛んでくるだろうから、その中から最も気弱そうで、逆らわずに番になりそうな1頭を連れて帰ればいいよ」

「え、でも、グリフォンは本能で番かどうかを見分けるんでしょ。こんな遠くから連れて帰って、いざクェンティン団長の従魔とお見合いさせたところで失敗したら、ものすごく申し訳ないのだけど」

そう言い返すと、ザビリアは先のことを考えていなかったようで、口を噤んで返事をしなかった。

沈黙が降りたことで自分の番だと思ったのか、カーティス団長がこれまた酷い提案をしてくる。

「クェンティンに隷属しているのですから、あの男のようなタイプが好みの従魔なのでしょう。つまり、クェンティンと同じような色の……浅黒い体毛をした、あるいは、濡れ羽色の体毛をしたグリフォンを捕まえて帰れば、喜んで番になることでしょう」

「え、それは絶対に間違った方法だと思うわよ。クェンティン団長のグリフォンは従魔になることに凄く抵抗したって話だったから、そもそも好みではなかったと思うし。連れて帰ってみて、実際に番じゃなかったらどうするの」

反論すると、これまたカーティス団長も返事をしない。

どうでもよさそうな表情で明後日の方向を見る1頭と一人を見て、私は全てを理解した。

ザビリアもカーティス団長も、クェンティン団長の従魔の番について全く興味がないのだ。

恐らく、間違ったグリフォンを連れて帰っても、「違ったか」とへらりと笑って済ますことだろう。

そのことを証するかのように、カーティス団長がぼそりとつぶやく。

「どんなグリフォンにせよ、連れて帰っただけでクェンティンは大喜びしますよ。それが番であったりしたら感激し過ぎて、勢い余ったクェンティンがフィー様につきまとい始めるに決まっています。何事もやり過ぎないことが肝心なのです」

違った。興味がないのではなく、むしろ失敗するよう望まれているのだった。

これはもう、私が一人で頑張るしかないわね。

そう考えた私は、しばらく頭をひねった後、ぽんと手を打ち鳴らした。

「正解が見えたわ！」

「「……そう（ですか）」」

全く興味のない様子で1頭と一人から相槌《あいづち》を打たれる。

私は気にすることなく、ザビリアに向かって提案した。

「大事なのは、全てのグリフォンにこの髪飾りを見てもらうことよね。つまり、ザビリアが私を摑んであの峡谷の真ん中まで飛んで行ってくれれば、全てのグリフォンの注目を集めること間違いなしだと思うのよ。どうかしら？」

私の言葉を聞き終えたザビリアは、確認のため口を開いた。

「面白い発想だけれど、僕が出て行った時点で、グリフォンは敵が来たと考えて逃げ惑い、散り散りになるんじゃないかな」

「それはザビリア次第だわ。敵意のないことを示すような笑みを浮かべて、優しく飛べば大丈夫だと思うわよ」

ザビリアの協力が不可欠だと思った私は、ここで逃げられては大変だと、笑顔で言葉を重ねたけれど、ザビリアは訝しむように鼻の辺りに皺《しわ》を寄せた。

「捕食者が笑顔でゆっくりと近付いてきたら、何か恐ろしいことを企んでいるのではと、余計に恐怖を感じると思うけどね」

「そ、それは確かにあり得ない話ではないけれど……」

ザビリアったらいいところを突いてくるわね。

困ったわ、何とかしてザビリアを説得しないといけないのにと考えていると、ザビリアは私の肩から地面に飛び降りた。

「まあいいや、フィーアのやりたいことを手伝うよ。僕には悲惨な未来につながるようにしか見えないけれど、僕の推測が当たるとも限らないからね。さて、僕はフィーアを摑んでグリフォンたちのところまで飛んでいけばいいんだね」

「えっ、いいの!?　ありがとう、ザビリア！」

突然やる気になったザビリアにありがたく思いながら、気分が変わらないうちにといそいそと近付き、両手をまっすぐ横に伸ばす。

「え、その腕を摑むの？　いつものように、僕の背中に乗ったらどうかな？」

「いやいや、私がグリフォンを捕まえにきたと思われて、逃げ惑われるのは避けたいもの。私の両手を使えない状態にしておいた方が効果的じゃないかしら」

「……僕が思うに、フィーアは悪運が強いよね。『これは酷い、もうどうにもならない』と思う案件が、いつだってよい結果につながっているんだもの。もしもこのずさんな計画ですらよい結果に繫がるとしたら、フィーアの悪運の強さは止まるところを知らないってことだよね」

散々な言われように、顔をしかめる。

そして、反論したい気持ちをぐっと飲み込んだ。

……いいでしょう。偉大な魔法の創始者も、伝説の武器職人も、斬新過ぎるアイディアのため、初めは誰からも理解されなかったと聞いたことがある。

つまり、何事も一番に始める者は異端扱いされるのだ。

「フィーアはものすごく前向きだよね。そんなフィーアを僕は心から凄いと思うよ」

私の心を読んだザビリアからは、深いため息とともにそう発言された。

そんなザビリアを見て、ふふふふふ、今に見ているがいいわと、私は大人の余裕を見せつけたのだった。

◇　◇　◇

ザビリアは私の両腕をそれぞれの足で摑むと、ふわりと空に舞い上がった。

それから優雅に羽ばたくと、崖の上空で群れを成しているグリフォンたちに向かって行った。

その瞬間、空を羽ばたいていた1頭のグリフォンが高い鳴き声を上げる。

「ピギャアアアアアア!!」

「えっ、もう見つかったの!?」

私は驚いて声を上げた。

数百メートルもの距離が離れているのに見つかるなんて、グリフォンの目の良さにびっくりしたのだ。

けれど、ザビリアは私の考えを否定してきた。

「いや、違うと思うよ。あの見張り役が見ているのは峡谷の下辺りだからね。……ああ、バジリスクの集団か」

「えっ!?」

バジリスクはトカゲ型をした体長3メートルほどの魔物だ。

それが集団で現れた!? と、谷底を覗き込んでみたけれど、距離が離れすぎていたため、姿を視認することができなかった。川が流れていることしか分からない。

「ザビリア、バジリスクがいるの?」

「うん、ざっと30頭ほどかな。恐らく卵泥棒だ。ほら、絶壁に幾つも横穴が空いているでしょう。あれがグリフォンの巣だから、そこにある卵を狙って現れたんだと思うよ。通常だったらグリフォンの方が強いけれど、巣の中は狭いからバジリスクの方が有利だろうし。下手したら、巣にいるグリフォンが何頭か狩られるんじゃないかな」

「まあ」

バジリスクは足の裏に特殊な毛が生えていて、絶壁を登ることができるので、簡単にグリフォンの巣に侵入することができるだろう。

そこまで考えた私は、うーん、一体どうしたものかしら、と宙吊りになったまま頭を悩ます。

そもそもの話として、魔物は人に悪さをする存在だから倒すべき相手だし、魔物同士の争いに口を出すべきではないのだけれど……

「でも、クェンティン団長の従魔の番を食べられるのは困るわよね！」

「この中に番がいると決まったわけでもないけどね」

冷静にザビリアが指摘する。

確かにザビリアの言うことはごもっともだけれど、可能性がゼロでない以上、できるだけグリフォンを失いたくないと思ってしまう。

どうしたものかと迷っている間に、巣穴から次々とグリフォンが飛び出し始めた。

その姿は逃げ惑っているように見える。

「グリフォンは階層構造が明確だからね。基本的に全てのグリフォンが順位付けされ、上位の個体に危険が迫ると、下位の個体は手助けするものだけれど、逆はないんだよね」

「え、つまり、下位のグリフォンが危険に陥っても、誰も助けないから自分で何とかするしかないってこと？」

「そうだね。そして、絶壁にある巣穴は、低い位置にあるほど低位の個体の棲み処だから、バジリスクが集団で低い位置の巣穴を狙うのは作戦として有効だよね……と、ああ、やっと僕らもグリフォンから見つかったようだよ」

「え」

谷底を見つめていた視線を上げると、空を舞っていた30頭ほどのグリフォンの全てが驚愕した様子でこちらを見ていた。

それから、狂ったような叫び声を一斉に上げ始める。

「ピギイイイイイ!!」

「ピイイイイイイイ!!」

「あ、ちょっと待って、落ち着いてちょうだい！　ここにいるのは悪い黒竜ではありませんよ。ほら、この黄金色の羽根を見てちょうだいな。もし、どなたかこの羽根を見て、ぴんときませんか？」

必死になって言い募ったけれど、全てのグリフォンは恐怖の表情を浮かべて向きを変えると、できるだけ遠くに飛び去ろうとしていた。

「え、やだ、誰も黄金色の羽根を見ずに逃げ出していくわ。想定と全然違うんだけど」

「……僕、初めから思っていたんだけど、フィーアが両手を水平に広げた状態で僕に摑まれている、この体勢がまずいんじゃないかな。磔《はりつけ》にされた罪人みたいだし、グリフォンたちにとってフィーアは僕の餌《えさ》に見えると思う。ゆっくり食事ができる場所を、黒竜が探しに来たと思われたんじゃない？　だからこそ、黒竜が餌を食べる隙に逃げ出そうと考えて、グリフォンは散り散りになったんじゃないかな」

「ええ!?」

そんな発想なの!?　と驚いて周りを見回してみたけれど、目に映ったのは、ほうほうの体《てい》で逃げ出すグリフォンたちの後ろ姿だけだった。

「な、何ということかしら……」

「フィーア、彼らの前に回り込む？　あの連中は間違いなく臆病だろうから、僕がちょっと脅したらクェンティンの従魔の番になることを承諾すると思うけど」

「いや、だから、それは正しい方法ではないと思うわよ」

そうザビリアに言い返したものの、では次にどうすればいいのかが分からない。

一体どうしたものかしらと、ほとほと困り果てたその時、突然空気を切り裂くような鋭い音とともに輝く炎が噴出するのが見えた。

「えっ、な、何事!?」

驚いて目を見張ると、崖の横穴から上空に向かって鮮やかな炎が立ち上った……かと思ったけれど、よく見ると、炎だと思ったのは1頭の美しいグリフォンだった。

「……まあ、緋色のグリフォン！」

羽の一枚一枚が長く、輝くような緋色をした、見とれるほどに美しいグリフォンだ。

体長も他のグリフォンたちより一回り大きく、くちばしも爪も鋭かった。

そんな美しいグリフォンが、立ち上る炎かと見紛うばかりの鮮やかな姿で空中を羽ばたいている。

「何て美しいの……」

思わず見とれていると、グリフォンはこちらを鋭い目で凝視してきた。

どきりとして見返したけれど、グリフォンはすぐに興味のない様子で顔を逸らすと、崖の下を見つめたまま凄い勢いで降下していった。

何をするつもりかしらと見ていると、緋色のグリフォンは崖に張り付いていたバジリスクに向かって一直線に近付き、そのまま鋭いくちばしでバジリスクの喉を貫いた。

それはほんの一瞬の出来事で、見とれるほどに鮮やかな攻撃だった。

たった一突きで絶命したバジリスクはそのまま川底へ落ちていき、同時に緋色のグリフォンは上空へと飛翔する。

流れるような動作に見とれている間に、グリフォンは再び降下していき、別のバジリスクを同じように貫いていた。

そうして、あっという間に、その場にいた全てのバジリスクは、たった1頭のグリフォンによって全滅させられたのだった。

全てが終わった後も、緋色のグリフォンに見とれていると、ザビリアから声を掛けられた。

「フィーア、あなたが緋色のグリフォンを綺麗だと考え、連れて帰りたいと思っているのは顔に出ているけど、あれは全く気弱そうではないからね。連れて帰ったとしても、クェンティンのグリフォンと築ける関係は上下関係だけで、夫婦関係ではないはずだよ」

「うっ、そ、そうかしら？　案外、上手くいくかもしれないじゃない」

ザビリアに反論していると、緋色のグリフォンが再び上昇し、私たちの目の前まで近付いてきた。

「えっ！」

近くまで来てくれたことが嬉しくて、思わず頬を緩めていると、グリフォンは私の髪飾りをじっと見つめてきた。

「あっ、も、もしかしてこの羽が気に入ったの!?　この羽根の持ち主はとっても綺麗な黄金色のグリフォンなのよ！　よかったら紹介したいので、一緒に来てくれないかしら？」

グリフォンは私を摑んでいるザビリアに視線を移した後、何事かを考えるかのような様子で再び私の髪飾りに視線を戻した。

根気強くもう一度スカウトすると、グリフォンははっきりと頷いた後、高度を落としてザビリアの真下に位置取った。

「やっ、やったわ！　番を見つけたわ!!」

興奮して叫ぶと、ザビリアから冷静な声で返された。

「それは実際に、クェンティンの従魔に引き合わせてみるまで分からないんじゃないかな。僕にはグリフォンが黄金色の羽根を気に入ったというよりも、フィーアが僕と渡り合える立場にいると判断し、だからこそ、付いていこうと決断したように思われたけど」

「えっ？」

「さっきも言ったけど、崖の上部にいけばいくほど安全度が高まるから、そこに住めるグリフォンは上位の個体だよ。あの緋色のやつが飛び出てきたのは、一番高いところにあった巣穴だからね」

私はザビリアの言葉にこくこくと頷くと、満面の笑みで答えた。

「全て正しく理解したわ。つまり、私たちはこの綺麗なグリフォンを連れて帰れるということね！　そうと分かれば、この場所からおさらばするわよ。今日は色々なことが起こり過ぎたから、他のグリフォンたちも疲労困憊だろうし、早めに目の前から消えてあげるべきよね」

こうして、私はクェンティン団長の従魔の番（候補）とともに、王都へ戻ることになったのだった。

2位 581票
シリウス・ユリシーズ
【投票者コメント】／シリウスが、セラフィーナを兄から守ってくれた時にシリウスファンになりました！かっこよくて、クールだけどセラフィーナには優しくて、しかもナーヴ王国一強いなんて最高です！シリウスしか勝たん！

3位 484票
フィーア・ルード
【投票者コメント】／どんなに苦しいことも、辛いことも、独特の謎思考であらゆることを前向きに突き進んでいくフィーアが大好きです。彼女が主人公だからこそ、この物語は輝いていて、楽しく読めるのだと思っています。

211票 6位
シャーロット
【投票者コメント】フィーアから直々に指導を受けた聖女シャーロットがその後どんな成長を遂げているのか、知りたいです！

165票 7位
ザビリア
【投票者コメント】いつも全力でフィーアのことを考え行動しているザビリアが好きです。彼がこれからもフィーアを支えてくれますように！

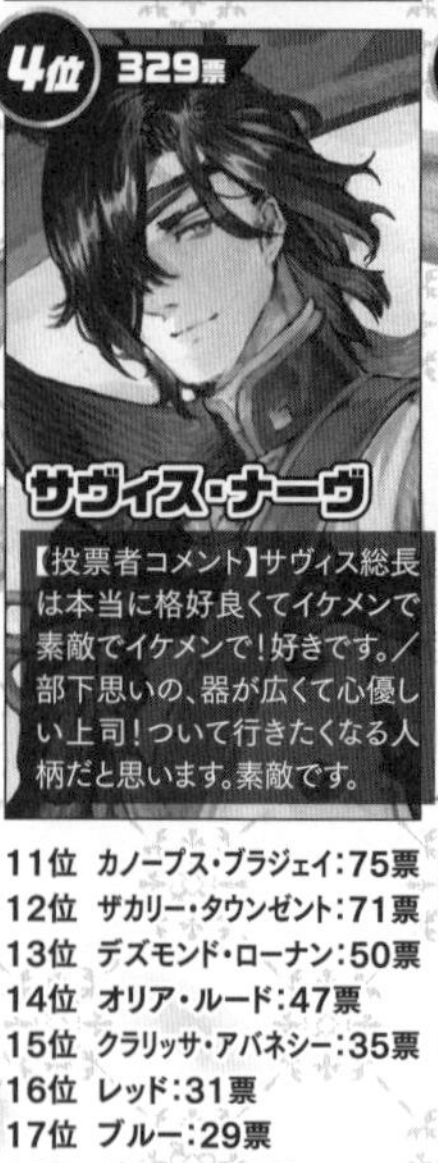

4位 329票
サヴィス・ナーヴ
【投票者コメント】サヴィス総長は本当に格好良くてイケメンで素敵でイケメンで！好きです。／部下思いの、器が広くて心優しい上司！ついて行きたくなる人柄だと思います。素敵です。

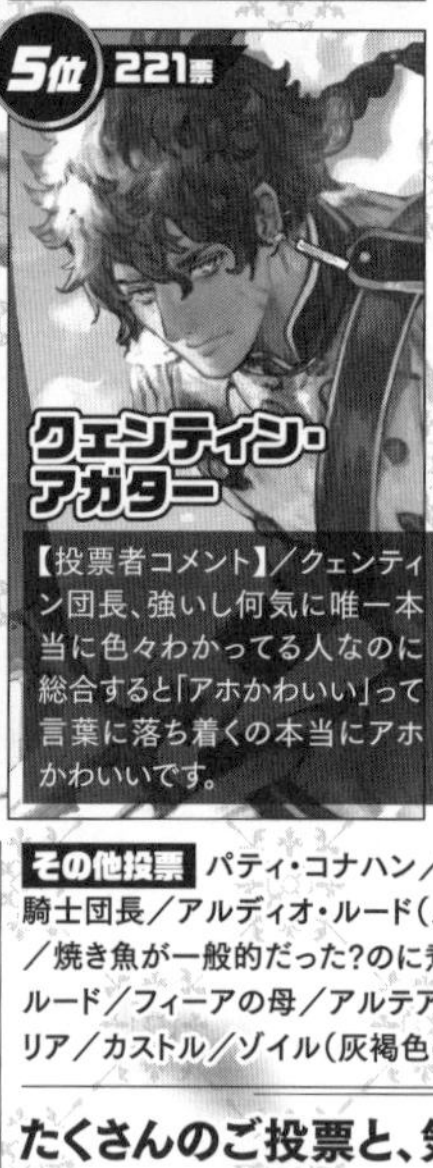

5位 221票
クェンティン・アガター
【投票者コメント】／クェンティン団長、強いし何気に唯一本当に色々わかってる人なのに総合すると「アホかわいい」って言葉に落ち着くの本当にアホかわいいです。

8位
ファビアン・ワイナー
146票

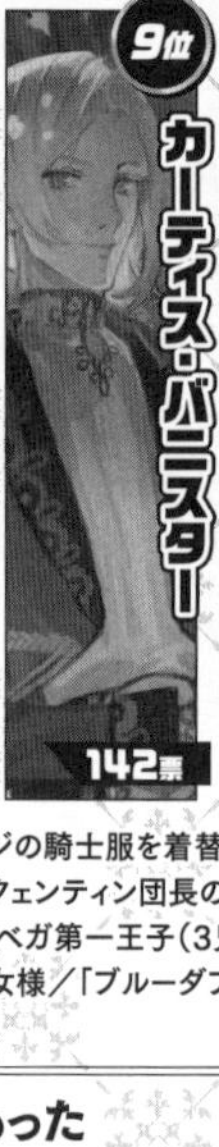

9位
カーティス・バニスター
142票

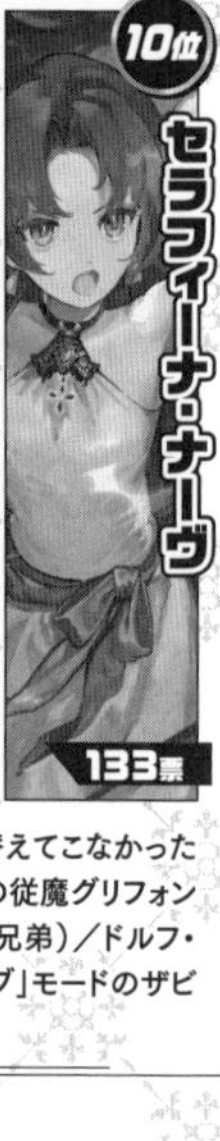

10位
セラフィーナ・ナーヴ
133票

11位　カノープス・ブラジェイ：75票
12位　ザカリー・タウンゼント：71票
13位　デズモンド・ローナン：50票
14位　オリア・ルード：47票
15位　クラリッサ・アバネシー：35票
16位　レッド：31票
17位　ブルー：29票
18位　グリーン：16票
19位　イーノック：3票
20位　魔人（魔王の右腕）：3票

その他投票　パティ・コナハン／5巻の296ページの騎士服を着替えてこなかった騎士団長／アルディオ・ルード（ルード家長男）／クェンティン団長の従魔グリフォン／焼き魚が一般的だった？のに煮魚で売った人／ベガ第一王子（3兄弟）／ドルフ・ルード／フィーアの母／アルテアガ帝国の末の皇女様／「ブルーダブ」モードのザビリア／カストル／ゾイル（灰褐色の竜）／サリエラ

たくさんのご投票と、気持ちのこもった熱いコメントをいただき、誠にありがとうございました！第二回開催をご期待下さい♪

十夜先生からのメッセージ

3,542票もの多くの票を入れていただきました。ご参加いただいた皆様、本当にありがとうございます。主人公だからフィーアが一番人気なのかな、と勝手に思っていたので、皆様の結果は驚きで、衝撃で、嬉しかったです。特に、登場したキャラクターのほぼ全てを選んでいただけたことが、1人1人を見てもらえているように思われてすごく嬉しかったです。ありがとうございます。たくさんの感想もありがとうございます。大きな力をいただきました。引き続き、「転生した大聖女は、聖女であることをひた隠す」をお楽しみいただければ幸いです。

第一回人気投票結果発表

総投票数3,542票!

1位

騎士団最強の男、堂々の一位!!

ありがとうございます。全ての方に、心から感謝します。今日があなたにとっても良い1日でありますように。

726票

シリル・サザランド

【投票者コメント】かっこいいところとか、ぬけているところがあって、見ていて楽しいし、フィーア以外の絡みも面白い。頭がキレるところとかも素敵です。／みんな大好きなので人気投票とかそんな…!!酷なこと…!!!フィーアとセラフィーナ様を差し置いてそんな!!!!恐れ多い!!!!シリル団長大好きですうううう!!!!／フィーアを甘やかしているイメージが最近強いですが、かかと落としでクェンティン団長室の机を壊したりしているところも好きです。

人気投票第1位

シリル・サザランド

【ＳＩＤＥ】第一騎士団長シリル「騎士の誓い」

我がナーヴ王国において、聖女は至上の存在だ。

そして、聖女を最上位の地位に押し上げた陰の立役者は王家であり、父はそんな王家の一員だった。

つまり、父は前国王の弟であり、母は次席聖女であったため、そんな両親のもとに生まれた私は、誕生時より聖女を尊ぶべき立場にあった。

にもかかわらず、私はずっと、聖女に対して矛盾した思いを抱えていた。

なぜなら聖女は国の礎《いしずえ》で、何よりも尊い存在であると敬う一方、その言葉の端々に表れる自分たち以外を見下す態度を残念に思い、同意できないものを感じていたからだ。

戦場で聖女とともに過ごす機会が増え、彼女たちを知るほどに、王国が長年かけて作り上げた「慈悲深き聖女像」と「現実の聖女」が乖離《かいり》しているように思われ、悩み、葛藤《かっとう》する日々。

そんな惑う私に答えをくれたのが、所管する第一騎士団の新人騎士だった。

聖女についての考えを問われた彼女は――フィーアは心底おかしそうに笑うと、そもそも私たちの聖女像が間違っていると断じたのだ。

『あなた方は、聖女をどうしたいのですか？　祭り上げて、女神にでもするおつもりですか？　ふふ、違いますよ。聖女は、そんな遠くて、気まぐれ程度にしか救いを与えない存在ではないんです。聖女はね、騎士の盾なんですよ』

――フィーアが示した聖女像は、私たちが長年かけて作り上げたそれより、何倍も美しいものだった。

あまりに美しいものを示されたため戸惑い、魅了されかけたが、私の中にある冷静な部分が顔を出し、現実にそんな聖女はいないと自分自身に言い聞かせる。

そして、自身を納得させるため常識的な答えを探求した。

つまり、フィーアにそのような発言ができたのは、彼女が聖女でないからだと考えたのだ。

フィーアが騎士だからこそ、理想と希望を込めて美しい聖女像を描くことができたのであり、実際に聖女であったならば同じ言葉は言えないはずだと結論付けた。

にもかかわらず、フィーアは凛《りん》とした声ではっきりと答えた。

『もしも私が聖女様だったとしても、私は同じことを言います』

――ああ、確かにそうだろう。

フィーアの言葉はすとんと胸に落ちてきて、素直に信じることができた。

何の根拠も示さない彼女の言葉を、そのまま受け入れることができたのだ。

それは、物事を判断する時に必ず根拠や理由を必要とする私にとって、滅多にないことだった。

フィーアの考えや思想はいつだって私の斜め上をいき、突拍子もないものも多いが、必ず私の考えを超えてくる。

恐らくフィーアの正しいもの、美しいものを純粋に追求していく姿勢が、同様の結果を呼び込むのだろう、……などと冷静に考察できていたのはサザランドを訪問するまでだ。


サザランドは私の領地であり、守るべき民がいる場所であるにもかかわらず、その場所を訪れるのは年に一度きりだった。

私に聖女の矛盾を突き付けた始まりの場所――――それがサザランドだったからだ。


私の母は聖女として、国一番の実力を持っていたが、私の望む聖女像とはかけ離れていた。

多くの傷を治せる奇跡の御力を与えられた存在であったというのに、治癒する相手を選び、その能力を出し惜しみしていたからだ。

結果、母は住民たちに厭《いと》われ、不幸な事故が重なって帰らぬ人となった。

聖女は誰よりも何よりも尊ぶべき存在だと、未だ考えていた私だったが、母の死を聞いた時には『仕方がない』と心のどこかで納得してしまった。

幼い頃から聖女の言動を無条件に受け入れ、敬うべきだと学んできたが、治癒する相手を選択し命を選別する母に、納得できない気持ちを捨て去ることができなかったからだ。

一方、父は母の死を確認した瞬間、激昂《げきこう》したという。

『国の礎たる、王国の次席聖女様であらせられるぞ！　ここにいるお前たちと、その一族全ての命で聖女様に償え!!』と。

父は私よりも母の側にいて、その言動をよく見知っていたにもかかわらず、母に幻滅も失望もせず、奇跡の御力を持つという一点で心から母を敬っていたのだ。

父と同じように聖女を敬愛できないこと、父母を同時期に亡くしたこと、領地の民と対立関係になったことで、私は昇華できない様々な想いを抱えていたが、――――フィーアを領地に連れて行ったことで全て払拭された。


そもそもフィーアを領地に同行させたのは、彼女の正しいもの、美しいものだけを見つめようとする瞳で、私の行動の善悪を見極めてもらおうと思ったからだ。

私が対応を誤っているとすれば、忌憚《きたん》なくそのことを指摘してほしいと考えたのだ。

そのことがフィーアに期待できる最大限だと考えていたし、サザランドの民との間に入った亀裂はもはや10年、20年で修復できるものではなかったので、関係改善に助力してもらうつもりは毛頭なかった。

にもかかわらず、フィーアは奇跡としか呼べないような結果を引き起こした。

大聖女信仰の強い土地であるサザランドで、大聖女の生まれ変わりだと認定されたのだ。

結果、住民の誰もがフィーアを受け入れ、フィーアが所属する騎士を受け入れ、騎士を束ねるサザランド公爵家を受け入れた。

サザランドの民が、完全なる和解を受け入れたのだ。

それは私の代で成し得るとは決して思えなかった偉業だった。

茫然とする私に対し、フィーアは心配そうに尋ねてきた。

『私が大聖女様の生まれ変わり役をしたことは、団長的には大丈夫だったんですかね？　シリル団長の中にあった大聖女様像を壊したりはしていませんか？』

何と愚かな質問だろう。

もちろん壊されたに決まっている。

私の中にどのような大聖女像があったとしても、フィーアはそれを超えてきたのだから。


――――その瞬間、私は言葉にできない、胸が震えるような感情に満たされた。

圧倒的な感動と感謝、それから、畏れ敬う気持ちだった。

ああ、恐らく騎士が聖女に抱く敬愛の気持ちは、このようなものであるべきなのだ――――私は生まれて初めて、そう実感することができた。

だというのに、フィーアは自分の偉業をひけらかすでもなく、嬉しそうに笑った。

『よかったですね、団長。団長の優しさが住民たちに伝わったんですよ』

まるで、この奇跡の和解をもたらしたのは、私の人柄だとでもいうように。

その言葉を聞いた瞬間、胸に込み上げるものを感じ、フィーアの前に跪いていた。

「たとえあなたにとって簡単な出来事だったとしても、……だからこそ、あなた自身がその価値を理解していないとしても、私はその重さを理解しています。そして、この恩義を決して忘れはしません。フィーア、私はいつか必ず、あなたにこの恩を返しましょう。騎士として、あなたに誓います」

心からの言葉が自然に零れ落ち、気付いた時にはフィーアに騎士の誓いを行っていた。

視界の端に、驚きで目を見張ったサヴィス総長が見える。

――そうでしょうとも。

私だって驚いている。

私が騎士の誓いを行う相手は聖女だと、私自身も長年信じてきたのだから……

◇　◇　◇

「……ですが、何度思い返してみても、あの場面でフィーアに騎士の誓いを行う以外の選択肢はなかったでしょうね」

　サザランドでフィーアに誓いを立てた場面を思い返していた私は、深夜の執務室でぽつりと独り言をつぶやいた。

　それから、これほど思考が乱れるようでは、これ以上仕事をしても効率が悪いだけだと諦めてペンを置く。

　先ほどまで外出していたので、急ぎの仕事が溜まっていないかと執務室に戻ってきたのだが、どうにも集中できそうになかった。

　恐らく、フィーアが遠地に出掛けて行くことが、気になっているのだろう。

「……今日はこれまでにして、明日の朝はフィーアを見送ることにしましょうか」

　明日、フィーアはカーティスとともに、ガザード辺境伯領に向けて出立する予定になっていた。

　遠足に行くようなわくわくした気持ちで早朝に立つのだろう、と微笑ましい気持ちになりながら、フィーアたちを見送るために普段よりも早く起きようと心に決める。

　そのためにも、今夜は休むべきだなと執務室を後にし、宿舎に向かって歩いていると、がちゃがちゃと扉を揺さぶっているような音が聞こえた。

　不審に思い、音がした場所に足を運ぶと、……どういうわけか、先ほどまで私の思考を占有していた少女騎士――――フィーア・ルードが食堂の扉を開けようとしている場面に出くわした。

　時刻はとっくに日付をまたいでいるのに、こんな時間に何をやっているのだろうと声を掛ける。

「フィーア、何をやっているのですか？」

「ふえっ！」

フィーアは驚いたように振り返ると、私に気付いて嬉しそうな声を上げた。

「シリル団長！　よ、よかった、どういうわけか食堂の扉が開かなくて困っていたんです。開けるのを手伝ってください」

「いえ、食堂はすでに閉まっているので、施錠してあるはずです。何がほしいのですか？」

「お水がほしいです。喉が渇いて……」

へにょりとした表情で口を開くフィーアを見て、あ、これは酔っているなと気付く。

所用で参加できなかったが、今夜はカーティスがフィーアを連れて訓練修了のお祝いをしていたはずだ。そこでフィーアはお酒を飲んだのだろう。

カーティスがこの場にいないことからも、恐らくフィーアは一旦騎士寮まで送り届けられたに違いない。

それなのに食堂まで水を求めて来たということは、寮内にある水道に思い至らないほど酔っているのだろう。

「少しお待ちいただけるのであれば、執務室から水を取ってきますが」

「ありがとうございます！　私はどれだけでもシリル団長を待てますよ」

フィーアが嬉しそうに答える。

酔っ払いを暗がりの中に置いて行くのは不安だったが、歩かせるのはもっと不安だったため、近くにあったベンチにフィーアを座らせる。

夜も更けていたため、このような時間に城内をうろつく者などいないだろうと思いながらも、フィーアが心配で足早に戻ってくる。

すると、フィーアは別れた時と同じ姿勢で、ぼんやりと空を眺めていた。

「何か面白いものでも見えますか？」

隣に座りながら声を掛けると、フィーアは空を見上げたまま返事をした。

「いいえ、何も見えません。空で一番輝く星を見たいと思ったんですが……」

「ああ、シリウス星ですか。あいにく今夜は曇っていて、星は見えそうにありませんね」

そう言いながら水の入ったグラスを差し出すと、フィーアはお礼を言って手を伸ばしてきた。

そして、両手でグラスを摑むと、ごくごくと一気に飲み干す。

その勢いを見て、食器棚の一番手前にあった、洒落《しゃれ》てはいるが容量の少ないグラスを選ぶべきではなかったなと反省する。

「もう一杯必要ですか？　それとも、明日は早いでしょうから、騎士寮までお送りしましょうか？」

「え、私は明日、早いんですか？　特別任務でもありましたっけ？」

不思議そうに尋ねてくるフィーアは、どこから見ても立派な酔っ払いだった。近くで見ると、顔も赤い。

「明日は、ガザード辺境伯領へ向けて出発するのでしょう？　霊峰黒嶽がある地域ですよ」

ガザードの名前に聞き覚えがなさそうだったので、黒竜が棲む山がある一帯であることを補足する。

するると、フィーアは嬉しそうに顔をほころばせた。

「ああ、私はザビリアに会いに行くんでした！　うふうふうふ、ザビリアにたくさんのお土産を持っていくんです」

フィーアは黒竜へのお土産を指折り数えて教えてくれたが、その内容は菓子と花で、三大魔獣の一角である黒竜がそのような子ども向けの土産を喜ぶかは疑問に思われた。

その後、フィーアは黒竜について嬉しそうに話をしていたが、途中で秘密にすべき内容だったと気が付いたようで、慌てたように口を押さえた。

「し、しまった！　これはシリル団長には秘密でした。黒竜を従魔にしたことがバレたら、そして、ザビリアを霊峰黒嶽に帰したことがバレたら、凶悪な魔物を簡単に野に放つなんてとんでもない、と説教されますからね。ですから、聞かなかったことにしてください」

大真面目な顔で頼んでくるフィーアを前に、私は天を仰いだ。

「……本日は、クェンティンから賄賂《わいろ》の収受を宣言され、ザカリーから不正の見逃しを申し入れられ、あなたからは第一級の秘密を暴露された上で聞かなかったことにしてくれと頼まれるなんて

「……」

何という日でしょうね、と口の中でつぶやく。

それから、私はちらりとフィーアを横目に見た。

「フィーア、ご存じかとは思いますが、黒竜はナーヴ王国の守護獣です」

「はい、知っています」

素直に頷くフィーアに対し、私はそのかすような言葉を続けた。

「あなたが黒竜を従わせることができると分かれば、あなたの価値は何倍にも跳ね上がります」

「それは、……王国のためになるような行動をザビリアがしたら、ですよね。そんな理由で、お友達に頼みごとをするのはいかがなものですかね」

「あなたの価値が、……たとえば、高位の聖女様ほどに上がるとしてもでしょうか？」

「私を知っている人は、私の従魔が黒竜かどうかで評価を変えませんよ。私を知らない人から評価されるよりも、私はお友達を大事にしたいです」

何ともフィーアらしい答えだった。

何度確認しても、フィーアは自分の価値より大事にするものがあるのだ。

そして、欲にまみれた人々を大勢見てきた私にとって、フィーアの姿は非常に好ましく映った。

そのため、筆頭公爵、あるいは筆頭騎士団長の立場上、王国のために黒竜を効果的に使役するよう頼むべきだと思うものの、それ以上フィーアに強要する気持ちになれなかった。

私は明日以降のことに話題を変える。

「カーティスが同行するので大丈夫だとは思いますが、霊峰黒嶽は凶悪な魔物が数多く棲む山です。ガザード辺境伯を警備している第十一騎士団と合流するまでは、あの山に足を踏み入れないでくださいね」

フィーアは理解したという様子で、こくこくと何度も頷いた。

「分かりました！　でも、グリーンとブルーがいれば何とかなるような、ならないような……」

聞き覚えのない名前が出てきたため、フィーアに質問する。

「そのお2人は初めて聞く名前ですね。どなたです？」

「どなた……なのでしょうね。アルテアガ帝国出身……なのは秘密でした。ええと、その、それなりの冒険者ですよ、きっと。そして、霊峰黒嶽に同行してもらうんです」

酔っているフィーアは、話してはいけないことをぺらぺらとしゃべる。

アルテアガ帝国出身でグリーンとブルーと聞けば、帝国で最も尊き血を引く皇家の兄弟を連想させるが、……そのような高貴な兄弟がふらりと我が国を訪れるはずもないため、偶然なのだろうと片付ける。そもそも、よくある名前だ。

「そうですか。同行者のことをよく知らないなんて、あなたらしいですね。カーティスが同行を許可したのであれば、問題ない人物なのでしょうが。いずれにしても危険な場所に間違いはないので、十分気を付けてくださいね」

「ええ、もちろんです。危険なことは一切しません！」

フィーアは元気に約束してくれたが、どういうわけか信用することができなかった。

なぜならフィーアの問題は、本人にその気がないにもかかわらず、いつだってトラブルの方から寄ってこられることだからだ。

明日の朝、決して無茶をしないよう、カーティスにもう一度念を押そうと心に決める。

それから、フィーアの手を取ると正面から見つめた。

「フィーア、私はあなたに騎士の誓いを行いました。あなたが私にくれた恩義を忘れず、いつか必ず返すと。だから、あなたは……私に約束を守らせるため、無事に戻ってこなければいけませんよ」

フィーアはきょとんとした表情で私を見つめていたが、不意ににこりと微笑んだ。

「うふうふうふ、分かりました！　つまり、霊峰黒嶽のお土産がほしいということですね。任せてください」

――――酔っぱらいに真意を理解させるのは難しいと悟った瞬間だった。


そして、どのみち今夜のことを覚えていないだろうなと思った私は、――――翌朝、フィーアを見送るため、普段よりも早い時間に城門近くで待っていた。

すると、なぜかデズモンド、クェンティン、ザカリーまで見送りに来たので、通りすがる者たちから、これほど多くの騎士団長が揃うなんて、国王陛下の出立に違いないと勘違いされた。

——もちろん、騎士の誓いを行った私にとって、フィーアは陛下と同じくらいに価値がある相手ではあったのだが。

だからこそ、カーティスと楽しそうに出掛けていくフィーアの後ろ姿に、無事に戻ってきますようにと、私は心から祈りを捧げたのだった。

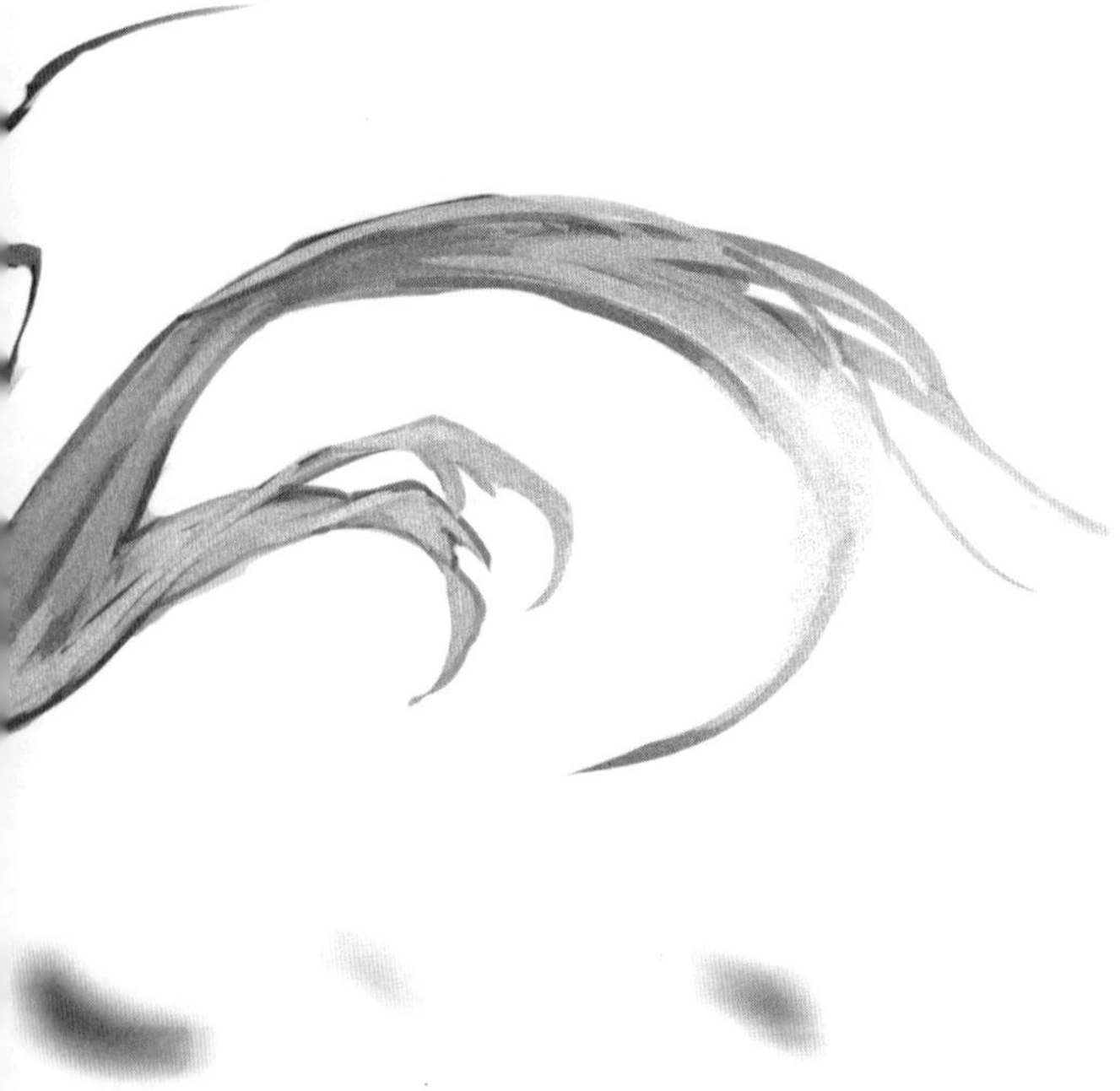

The Great Saint who was
incarnated hides being a holy girl

人気投票第2位

シリウス・ユリシーズ

セラフィーナの誘惑とシリウスの抵抗（３００年前）

「まあ、これはスケジュールが間違っているのじゃないかしら！　3日分くらいのスケジュールが、1日分として記載されているわよ」

シリウスの執務机に置かれた予定表を覗き込んだ私は、驚きのあまり声を上げた。

シリウスに用事があって彼の執務室を訪れたものの、部屋には誰もいなかった。

そのため、退室しようとしたのだけれど、机の上に1枚だけ置かれた紙が目につき、手に取って覗き込んだところで驚きの声が出てしまったのだ。

なぜなら記載してある1日分のスケジュールが、とてもこなせる分量ではなかったからだ。

そんな私に対し、後ろに控えていたカノープスが控えめな声を掛けてくる。

「セラフィーナ様、シリウス団長のスケジュールを盗み見る行為は、お止めになった方がいいと思われます。それから、スケジュールに誤りはありませんので、そちらが1日分です」

カノープスのセリフに色々と物申したいことがあったため、順を追って言葉を返す。

「カノープス、他人の物を盗み見てはいけないという意見は全くごもっともだけれど、シリウスは私の近衛騎士団長だから、彼のスケジュールを確認することは問題ないんじゃないかしら。それに、私がこの部屋に自由に出入りしている時点で、色々と覗き見られるだろうことをシリウスは覚悟しているはずよ」

そもそも彼は私がこの部屋に自由に入ることを黙認しているはずだし、と考えながら部屋の一角に設置してあるサイドテーブルにちらりと視線をやる。

すると、いつも通り、テーブルの上にある洒落た籠の中に、色取り取りの可愛らしいお菓子がたくさん詰められているのが見えた。

「シリウスは甘いものなんて一切食べないから、あれは私がこの部屋に来て自由に食べるようにと置いてくれていると思うのよね」

シリウスの口から一度もそんな説明を受けたことはないから、あくまで私の推測だけど、彼の部屋を勝手に訪れる甘いもの好きは他にいないはずだから、当たっているように思われる。

「それから、このスケジュールが1日分のはずないわ。だって、1日で50人もの人に会うことになっているじゃない！　それも、お相手は帝国の公爵とか、大聖堂の大司教とか重要人物ばかりよ。そんな相手を一人当たり5分で対応するなんて、狂気の沙汰だわ。しかも、その合間に私の視察に同行するなんて無茶でしょう」

「……お言葉を返すようですが、シリウス団長はセラフィーナ様の視察に同行される合間に、他の方々にお会いになられるのだと思います」

「ぎゃふん！　アルテアガ帝国の公爵様を合間の対応扱い!?　ご本人が聞いたら、怒り狂いそうな言葉ね」

驚きの声を上げていると、ノックの音もなく外側から扉が開かれた。

どきりとして振り返ると、一分の隙もなく騎士団長服を着こなした、銀髪白銀眼の美貌の騎士が立っていた。

「セラフィーナ、部屋の外までお前の声が聞こえていたぞ。さて、オレの部屋の扉は厚いと説明を受けていたが、その話自体が疑わしく思われてくるな」

シリウスはずかずかと歩を進めてくると、私の目の前で立ち止まった。

それから、私の手からスケジュール表を取り上げると机の上に戻す。

「オレのスケジュールなど見ても面白くないだろう」

「シリウスは毎日、こんなにたくさん働いているの？　いくら体力に自信があるとは言っても、体を壊すのではないかしら？」

「ふむ、ここ何年も寝込んだことはないな。むしろお前の方が、先月、熱を出したと記憶しているが。体力と仕事量の関係で考えると、お前の方がはるかに無理をしているだろう」

何かを仄めかされたわけでも、核心的なことを言われたわけでもないけれど、その時突然、私は理解した。

あっ、シリウスは私の仕事を肩代わりしているのだわ。

恐らく私自身しかできないこと以外は、シリウスが事前にスケジュールを組み替えて、自ら対応しているのだ。

そう思って先ほどの行動を見直してみると、何でも自由にさせてくれるシリウスが私の手からスケジュール表を取り上げたことも、カノープスがスケジュール表を見るなと注意してきたことも、全て合点がいく。

まあ、全員がグルなのね。

そう考えた私は、何だか仲間外れにされたような気持ちになってシリウスを睨みつけると、「覚えておきなさいよ」と捨てゼリフを残して部屋を後にした。


シリウスが私の仕事を肩代わりしているという衝撃的な事実に気付いた私は、何とかして彼を休ませようと考えた。

問題はいかにして休ませるかだ。

本人が言っていたように、シリウスは恐ろしく体力があるからどれだけでも働けるし、少しくらい疲れていても気付かない。

そして、先ほどのスケジュールを見るに、休む時間がない。

私は困った思いで眉を下げると、ふーっとため息をついた。

シリウスはべたべたと砂糖を吐くようなセリフを口にすることはないし、心の内を言葉にしないから、氷のように整った美貌と相まって冷たく思われがちだけれど、実際はものすごく優しくて、心配性で、私を甘やかしてくるのだ。

だからこそ、今回のように何も説明することなく、いつの間にか私のことを手助けしてくれる。

おかげで、私はいつだって、シリウスが私のためにしていることに気付かずにいるのだ。

でも、いつまでもシリウスに無茶を重ねさせるわけにはいかないから……と、私はシリウスを休ませる方法を思案する。

「困ったことに、私のスケジュールは私の手元に来る前に近衛騎士団に渡されて、調整されてしまうのよね」

ぽつりと零すと、控えているカノープスからすかさず言葉を返される。

「当然です。王国最高会議が作成する『大聖女出動案』は強行軍過ぎるきらいがありますので、とてもそのまま実行していただくわけにはまいりません。セラフィーナ様がご無理のない範囲で行動できるよう調整するのも、私たちの仕事です」

「つまり、『大聖女出動案』の中には、私以外の者でも代わりがきくものが含まれているということでしょう？　そして、それらをシリウスが一手に引き受けているのでしょう？　でも、必ずしもシリウスが肩代わりする必要はなくて、他の者に代わってもらってもいいのじゃないかしら？」

今回の目的はシリウスの仕事量を減らすことなので、私が頑張ると言い出さないところがテクニックだ。カノープスも賛同しやすいだろう。

私の言葉を聞いたカノープスは、考えてもみなかったことを聞かされた、とばかりに目を見開いた。

「…………おっしゃる通りですね。畏れ多くて、シリウス団長の代わりを務めるとの発想が浮かびませんでした」

「分からないではないけれど、何もシリウスのように完璧を期さなくてもいいのよ。元々シリウスは私の代わりを務めているのだから、私と同じくらいのできでいいのだと、軽い気持ちで望めばいいのじゃないかしら？」

「セラフィーナ様の代わりを務めることも、同様に畏れ多いことですよ」

カノープスの返事は模範解答だったけれど、明らかに私の代役を務めるよりも、シリウスの代役を務める方が大変だと考えているように思われた。

「……まあ、いいけどね」

自分から言い出したことにもかかわらず、なぜだか面白くない思いを感じた私は、近くにあった甘いものを口に入れて心を落ち着けたのだった。


――さて、翌日のこと。

私は庭園に備えてあるガゼボの中で、騎士団長たちと向かい合っていた。

庭園の景観とマッチするようなデザインのガゼボには、小さなテーブルと半ダースの椅子が備え付けられており、庭の景色を楽しみながらティータイムを楽しめるようになっている。

その中で、私は先日の騎士団長会議で一緒になった、４人の団長たちとテーブルを囲んで座っていた。

とはいっても、先日の私は騎士に変装していたので、騎士団長たちからしたら大聖女の私は初対面になるだろう。

そのため、第一印象をよくしておこうと、私は聖女らしく楚々《そそ》として微笑んだ。

「本日は、お忙しいところお呼び立てしてごめんなさいね。初めまして、セラフィーナです」

けれど、誰一人微笑み返してくれず、それどころか全員からまじまじと凝視される。

あれ、何かおかしかったかしら、と小首を傾げていると、隣に座っていた金髪の騎士が背筋を伸ばして立ち上がった。

「初めまして、セラフィーナ様！　王城警備の第二騎士団長を拝命しておりますハダル・ボノーニです!!」

先日の騎士団長会議の際、一番初めに話しかけてくれた団長だ。恐らく人懐っこいタイプに違いない。

返事をしようと口を開きかけたけれど、それより早く、ハダル団長の隣にいた紫髪の騎士団長が、同じように姿勢よく立ち上がった。

「第三魔導騎士団長のツィー・ブランドです! 生まれた時からファンでした!!」

その瞬間、ツィー団長の隣に座っていた長い赤髪の騎士団長が立ちあがると同時にツィー団長に肘鉄を食らわせた……ように見えたけれど、ツィー団長は咳払《せきばら》いをしただけで平然としていたので、見間違いに違いない。

「ツィー、お前、抜け駆けしたらマジで殺すぞ」という、脅すような小声が聞こえた気がするけれど、これも空耳に違いない。

ぱちぱちと瞬きをしている間に、赤髪の団長は元気よく声を上げた。

「王都警備の第五騎士団長を拝命しておりますアルナイル・カランドラです! 今日も空気が美味しいですね!!」

最後に、見上げるほどに背の高い筋骨隆々とした深緑の髪の騎士団長が立ち上がった。

「王都付近の魔物討伐を担当しております第六騎士団長のエルナト・カファロです! 新品の騎士服を着てまいりました!!」

全員がはきはきとしていて、何とも気持ちが良い面々だ。

さて、一体どうやって彼らに頼みごとをしようかしらと、私は頭を悩ませた。

シリウスの仕事を誰かに肩代わりしてもらいたいと考えた時、最初に浮かんだのがこの4人だった。

王都で騎士団長をしているのだから、全員が有能なことは間違いなく、シリウスの仕事の代わりを務めることも可能だろう。

ただ、騎士団長という職位から、全員が既に忙しいはずだ。

これ以上の仕事をお願いするのは、正直言って申し訳ない気がする。

一体、どうしたものかしら……と考えていると、アルナイル団長が両手でカップを持ったまま、きらきらとした瞳で話しかけてきた。

「セラフィーナ様、今日は空気が美味しいですが、このコーヒーも美味しいですね!! 普段より苦くなく、色もセラフィーナ様の髪色のように鮮やかな赤だなんて!! セラフィーナ様の前に出ると、コーヒーですら自分の色を変えてしまうんですね」

「そ……んなことが起こるものでしょうかね」

皆に出したのは、コーヒーではなくローズヒップティーだ。

バラの実を原料にしたハーブティーの一種で、バラの花びらの色である赤い色をしている。

特徴的なのは甘い香りとフルーティーな味で、コーヒーとは全く異なるのだけれど、騎士団長として日々忙しく働いているアルナイル団長は、それらの違いに詳しくなかったのだろう。

コーヒーとティーの違いも分からないほど一心不乱に働くなんて大変ね、と頭が下がる思いがする。

「アルナイル団長は働き者なのね」

感心して、そう口にすると、アルナイル団長はぎょっとした様子で椅子から転げ落ちそうになった。

「えっ!?　も、もちろんです！　ですが、明日からは、今日までの10倍働きます!!」

「えっ」

それは無茶だわと考えていると、隣に座っているツィー団長が競うように声を張り上げた。

「オレは明日から、今までの20倍働きます!!」

「オレは30倍働きます!!」

「オレは50倍です!!」

ハダル団長、エルナト団長も次々に声を上げる。

「い、いや、そんなに働いたら、倒れてしまいますから……」

「「「大丈夫です、騎士ですから！！！」」」

どうやら我が王国において、騎士とは不死身の肉体を持つ者を指すらしい。

体を壊さないといいけれど、と困った思いでいると、４人は張り合うように声を上げげた。

「「「セラフィーナ様、ご用がありましたら何なりとお申し付けください!!」」」

まあ、だったらシリウスのことについて、相談だけでもしてみていいかしら。

「ええと、それではお言葉に甘えて相談したいことがあるのだけど、いいかしら？」

「「「セラフィーナ様からの相談事!!　そのお言葉、墓場まで持っていきます!!」」」

「い、いいえ、秘密事ではないのだけれど、……ええと、シリウスのことだけど、彼は働き過ぎだと思うの。それに、最近気付いたのだけれど、どうやら私の仕事をたくさん代わってくれているみたいなの。体を壊さないか心配で、何とかできないかしらと思っているのだけど、いい考えはないかしら？」

私の言葉を聞いた騎士団長たちは全員表情を消すと、咳払いを始めた。

そして、小突き合いを繰り返した結果、皆から指名された形になったハダル団長が意を決したように口を開いた。

「率直に申し上げまして、シリウス団長は化け物ですので、か弱き大聖女様であられるセラフィーナ様ご自身を基準に考えるのが間違っていると思われます」

「え？」

驚いて問い返したけれど、隣に座っていたツィー団長が、疑問の余地はないとばかりにすかさず頷き、ハダル団長の言葉を補強する。

「シリウス団長は間違えません！　疲れません！　そして、1日3時間眠ると完全回復する仕様になっていますので、永遠に働き続けることが可能です」

「いや、さすがにそれは」

あまりの発言内容に否定しかけたけれど、それよりも早くアルナイル団長が首を縦に振ると、ツィー団長の言葉を肯定する。

それから、秘密事を話すかのように声を潜めてきた。

「ここだけの話ですが、シリウス団長はおっそろしくセラフィーナ様を大事にしておられます。シリウス団長と同じ戦闘に参加した騎士がミスをしても、シリウス団長がその場で助けてくれて終わりです。しかし、セラフィーナ様と同じ戦いに参加してミスをした騎士は、その日のうちにシリウス団長に呼び出され、正しい立ち回りを１００回繰り返させられます。くたくたのところを呼び出され、１００回ですよ!?　これは、『死ね』と言われることと同義です。そのため、これまでの統計でいくと、特訓を受けた騎士は10割の確率で、その日の晩に泣きながらもう一度特訓する夢を見ます。団長の影響力は夢の中まで届くのです」

「ええと」

何と答えていいか分からずに戸惑っていると、エルナト団長が厳《いか》めしい表情で締めくくった。

「結論を申し上げますと、セラフィーナ様の代わりを務めるのは自分だと、シリウス団長は考えておられます。そして、化け物じみた体力でもって、その役割を果たし続けることに一切の困難性を感じておられません。もしも他の者が代理を申し出て、失敗しようものならば、『セラフィーナ様の用務であるがために』、生まれてきたことを後悔するほど叱責されるでしょう」

「…………………」

騎士団長たちの主張はよく理解できなかったけれど、シリウスが誤解されていることだけは分かった。

彼は確かに何だってできるけれど、それは努力の賜物《たまもの》なのだ。

だから、分かってほしくて口を開く。

「私の知っているシリウスは、誰よりも努力家で優しいのよ」

けれど、4人の騎士団長は苦笑を浮かべただけだった。

「……ですね。セラフィーナ様には、おっそろしくお優しいことは理解しています」

「もちろんシリウス団長が努力家なのは存じておりますが、努力に対する見返りが尋常じゃないんです。通常は、1努力したら1身に付くものですが、シリウス団長の場合1200くらい身に付くんですから」

「そして、1200の実力の団長に、オレらは相対しないといけないんです。完全に負け戦です」

「つまり、シリウス団長は努力家な化け物で、セラフィーナ様にだけ無条件に優しいということです」

……ダメだ、全然理解させることができない。

一体どんな風に説明すれば分かってもらえるのかしら、と困っていた正にその時、頭の中に思い浮かべていた人物の声が響いた。

「なるほど、それほど次々にオレについての発言が飛び出すとは、さぞオレを理解しているのだろうな。さて、ここは理解していてくれて感謝すると礼を言うべき場面か?」

顔を上げると、視界の先――――対面に座っている騎士団長たちの真後ろに、腕を組んだシリウスが立っていた。

「シリウス!」

偶然出逢えたことが嬉しくて、思わず名前を呼んだけれど、目の前に座る騎士団長たちの全員が一瞬にして青ざめた。

それから、一番初めに気を取り直した様子のハダル団長が、右手にティーカップ、左手にソーサーを持って素早く立ち上がると、叫ぶような声を上げた。

「そうでした、オレは西門の修繕を大至急行わなければならないのでした! セラフィーナ様、御前を失礼させていただきます!!」

手に持つカップはがたがたと震えており、中に入っているティーがハダル団長の手にかかっていたけれど、団長は気にした様子もなく、発言の返事も待つことなく、カップとソーサーを手にしたまま走り去っていった。

「え?」

何が起こったのかしら、と目をぱちくりしていると、残った3人の騎士団長たちもティーカップとソーサーを手に、次々と立ち上がる。

「オレは中庭に魔法陣を描きっぱなしでした! 大至急、消去しないといけません!!」

「王都に不審な薬が出回っているとの投げ込みが来ておりました! 大至急、調査に向かいます!!」

「近隣の森に青竜が2頭出たとの報告を受けておりました! 大至急、討伐してまいります!!」

そして、ぽかんとしている間に、残り3人の騎士団長もつむじ風のように走り去っていった。

「ええと……」

そのため、気付いた時には一人きりで椅子に座っている状態だった。

何が起こったのかしら、と思いながらシリウスを振り仰ぐ。

「……シリウス、騎士団長たちをお茶に誘ったのだけれど、皆さんお忙しかったようで行ってしまったわ。一人になってしまったから、一緒にお茶でもどうかしら？」

「付き合おう」

シリウスは簡潔に答えると、私の隣に座ってきた。

それから、控えていた侍女がサーブしたカップを手に取ると、注がれたティーを見て苦笑する。

「あの4人にハーブティーの良さが分かるとも思えないが、お前から勧められたものだからとカップごと持って行ったな。全て飲み干したかったのだろう」

「え？」

「いや、戯言《ざれごと》だ。……それで？　オレの話をしていたようだが」

シリウスはカップを口元に運ぶと、尋ねるかのように片方の眉を上げた。

「えっ、ええ、そうね。つまり……たまにはシリウスとゆっくりお茶を飲みたいなって話よ」

曲解はしているけれど、話していた内容と大きく相違ないはずだ、と思いながらちらりと見上げると、シリウスはふっと小さく微笑んだ。

「そうか」

その日、シリウスは珍しくゆっくりとお茶を飲み、私の話に付き合ってくれた。

珍しいこともあるものね、と思って尋ねるように首を傾げると、「お前もたまにはゆっくりする時間が必要だが、一人では休憩しないだろう」と返された。

私の何倍も忙しいシリウスに、それを言われてもねぇ……

そう思いながら、ちらりと視線を送ると、再び尋ねるように片眉を上げられる。

「いいわよ、シリウス。私が何を考えているかを知りたいなら、教えてあげるわ。不養生者が健康について語る資格がないように、ハードワーカーのシリウスが休息について語る資格はないわと考えていたの。シリウスを見ていたら、私はまだまだ働き足りないような気にさせられるもの」

正直な感想を口にすると、シリウスは眉間にしわを寄せた。

「オレとお前では体力が異なる。お前はもう少し自分を労《いた》わるべきだ」

「それはどうかしら？　シリウスは少し、自分の体力を過信しているのじゃないかしら。あなたが気付いていないだけで、本当はくたくたかもしれないわよ」

そう言ってみたけれど、シリウスからは全く同意できないといった表情で見返されただけだった。

そのため、「じゃあ、試してみる？」と、私はシリウスに好戦的な言葉を投げかけた。

そして、シリウスから「お前の気が済むように」と返されたため、私は大きな音を立てて椅子から立ち上がったのだった。

私はそのままシリウスとともに、王城にある彼の寝室まで移動した。

シリウスは亡き王弟の一人息子であり、王位継承権を持っているため、王城に部屋を持っているからだ。

何をさせられるのかと面白がっている様子のシリウスに、多くの装飾が付いた上衣を脱ぐようお願いする。

素直に従ってシャツ姿になったシリウスに、今度はベッドに横になるようお願いした。

「セラフィーナ、まだ夕方にもならない時間だが」

私の言葉通り横になったものの、わざとらしく日が差し込む窓を見上げるシリウスを睨みつけると、私はばさりと音を立ててシリウスの体の上にブランケットをかけた。

「シリウス、あなたは本当に頑張りすぎるから、限界がきたことに気付くのは倒れた時よ！ いいから、騙されたと思って目を瞑ってごらんなさい。体が疲れていたことに気付いて、あっという間に眠りに落ちてしまうから」

「……お前は時々、酷く強引だな。しかも、想像力が豊かだ。そもそもオレが疲れているというところから、お前の推測でしかない」

「シリウス！ そんな風にごちゃごちゃ言っているから眠れないのよ。ほら、目を瞑ってちょうだい」

昨日、シリウスのスケジュールを目にした際、今日の午後はずっと事務仕事であることを確認している。

先延ばしできるのであれば、今日ではなく明日やればいいし、何ならシリウス以外の人間が代わりにやればいいのじゃないだろうか。

誰もがシリウスに頼りきりになっているけれど、どのみち彼が体調を崩せば、他の者が代わりを務めなければならないのだから。

今日は絶対に譲らないわという決意を込めて、私はシリウスを見下ろした。

「シリウス、もしもあなたが無茶をし過ぎて体を壊したら、私は大聖女の仕事を全部放り出して、あなたの看病をするからね。どれだけ周りに迷惑を掛けたとしてもよ！　それは近衛騎士団長として最も避けるべきことではないかしら？　さあ、もしもあなたがそれを避けたいと思うのならば、今日はおとなしく休んでちょうだい」

シリウスは黙って私の言葉を聞いていたけれど、聞き終わるとおかしそうに笑った。

「お前がオレに付きっ切りになるのか。それは……悪くない提案だな」

「えっ？」

予想と異なる反応に、私の方が慌て始める。

「シ、シリウス、大丈夫？『それは困るから、大人しく眠ることにしよう』と言う場面のはずよ。

こんな普段にないことを言い出すなんて、もしかして本当に弱っているのかしら」

心配になってシリウスの額に手を当ててみたり、ブランケットを首元まで引き上げたりしていると、シリウスは笑いを収めて手を引いてきた。

「ええっ？」

そのため、シリウスに引っ張られるまま彼の隣に倒れ込む。

「シ、シリウス？」

「お前がオレに休んでほしいと思うように、オレはお前こそが休息を取るべきだと考えている。オレを大人しくさせておきたいなら、隣で見張っていろ」

シリウスの悪戯《いたずら》っ子のような表情を見て、あらまあ、男性というのはいつまでたっても子どもなのねと呆れた気持ちになる。

「シリウスったら、そんなに大きくなったのにまだ添い寝が必要だなんて！　……それとも、私の誘惑が魅力的すぎたのかし……」

怒った振りをして言い返してみたものの、背中に触れるふかふかの感触に、自分が疲れていたことを気付かされ、私は話している途中で眠りについた。

「……セラフィーナ？　おい、分かっているだろうが、見張っていろと言ったのは冗談だ。嘘だろ、こんなにすぐに眠り込めるものなのか？　オレの寝台で？」

信じられないと言った声が上から降って来たけれど、既に私は気持ちのいい眠りの中だった。

そのため、隣にあった温かいモノを抱きしめると頬をすり寄せた。

けれど、思ったほど柔らかくはなかったので、むにゃむにゃと文句を言う。

「かたい……」

悪かったな、とブランケットが文句を言ったけれど、その声が最も信頼する騎士のそれに似ていたので、ふふふと夢の中で笑う。

「……リウス、ずっと側にいてね……」

すると、カチカチのブランケットは大きなため息をついた後、諦めたような声を零した。

「セラフィーナ、目覚めている時に言ってくれ」

そして、言葉を話すブランケットは優しい手つきでずっと髪を撫でてくれたので、私は気持ちがいいなと思いながら、更なる深い眠りに落ちていった。


私はそのままぐっすりと眠り続けたようで、目覚めたのは翌朝だった。

首を巡らせると、シャツ姿でソファに横になっているシリウスと目が合う。

「おはよう、セラフィーナ。それだけしっかり眠ったところを見ると、オレの寝台はお前に合っていたようだな」

「え……と」

どうやら私は昨夜、シリウスのベッドを占領してしまったようだ。

明らかにソファで眠った様子のシリウスは半身を起こすと、じろりと横目で見てきた。

「さて、オレの話を聞けるくらいには目が覚めたか？」

その声音は普段通りだったけれど、長年の付き合いから、虎の尾を踏んでしまったことに気付く。

あ、これはエンドレスでお説教をされるパターンだわ。

ちらりと確認した空の色合いから判断するに、今は早朝で、シリウスの話を聞く時間がたっぷりあることが分かる。

これは不味いと思った私は、無言のまま間合いを計ると、絶妙のタイミングで勢いよく起き上がり、脱兎のごとく逃げ出そうとしたけれど、あっさりと腕を摑まれて取り押さえられた。

「シ、シリウス……」

気付いた時にはベッドの上で、私の体の上に覆いかぶさったシリウスから、標本にされた蝶のように四肢を押さえ込まれる形となっていた――とはいっても、重くも痛くもないので、上手く加減されているのだろうけれど。

シリウスから無言で見下ろされた私は、そのあまりの迫力に背筋がぞくりとするような感覚を覚える。

至近距離で見つめ合うことで、整った美貌を持つ近衛騎士団長の隙のなさが際立つように思われたからだ。

王国が誇る近衛騎士団長から何事も見逃さないとばかりに見下ろされ、完全に押さえ込まれた私は、これはもう、逃げ出すことは無理だと観念した。

ああ、こうなったらしこたまお説教を受けるしかないわ、と体中の力を抜いたところ、なぜだかシリウスから深いため息をつかれる。

どうしたのかしら、ときょとんとして見上げると、考え込むかのように目を細められた。

「……このような場面で、お前が最初に考える危険が『長々と説教を受けること』だとしたら、そのこと自体が説教を受けるに値する愚行だ」

「えっ、さらにもう1つ、お説教を受けなければいけないの!?」

私が考えていた危険は、正にシリウスからお説教を受けることだったので、元々予定されていたお説教内容に加えてもう1つ!?　と驚いて声を上げる。

すると、そのこと自体が、さらに強く虎の尾を踏んでしまう行為だったようで、シリウスは滅多にないほど美しい笑みを浮かべると「セラフィーナ、話がある」と口にした。

そのセリフはいつだって、シリウスの終わりのないお説教が始まる合図だった。

そのため、その後すぐにシリウスに手を引かれて起き上がらされ、そのままソファに座らされると、顔なじみの侍女が朝食を運んできてくれるまでずっと、シリウスの含蓄ある言葉を拝聴することになったのだった。

ちなみに、シリウスが私に語って聞かせた1つ目の内容は「淑女の危機感と眠気との関係」について、2つ目の内容は「寝台の上で起こり得る淑女の危険性」についてだった。

長かったお説教を聞き終わり、２人で朝食を食べていると、シリウスが再び何事かを言いたそうな視線で見つめてきた。

どうやら先ほどのことを思い出し、まだ言い足りないことがあると考えているようだ。

そのため、これだけは言っておかないと、と口を開く。

「シリウス、そんなに心配しなくても大丈夫よ。私だって妙齢の女性なのだから、淑女の陥る危険性についてきちんと理解しているわ」

「ほう」

全く信用していない様子のシリウスに、むっとして言葉を重ねる。

「少しは私を信用してちょうだい。相手がシリウスだったから、危険はないと判断しただけよ」

「……オレがお前に対し、『淑女に対する危険行為』を働かないと考えているのか？」

「そうではなくて！　シリウスが相手だったら、たとえ何をされたとしても、危険だとは考えずに全て受け入れるということよ」

「……………………………………………………」

どういうわけか、私の言葉を聞いたシリウスは硬直し、石像のように動かなくなった。

ナイフとフォークを持った手を空中に浮かせたまま、微動だにしない。

「え？　やだ、私ったら硬直化の状態異常を掛けてしまったのかしら？」

片手を頬に当て、明るい声で冗談を言っても、まだシリウスは指一本動かさなかった。

「……シリウス？」

さすがに心配になり、顔を覗き込もうとすると、ふいっとそっぽを向かれた。

「セラフィーナ、……頼むから、もう少しオレの心臓を労わってくれ」

「え……あ、はい」

具体的に何を頼まれたのかよく理解できなかったけれど、シリウスが本気で参っていることが分かったため、それ以上茶化すことなく受け入れる。

すると、シリウスは両手で顔を覆い、深い深いため息をついた。

「いや、前言は撤回する。お前はそのままでいてくれ」

そう続けたシリウスの声は、なぜだか凄く優しかった。

「……シリウス、何かいいことでもあったの？　機嫌がいいように思うのだけれど」

疑問に思うまま尋ねてみると、シリウスは顔を覆っていた両手をずらし、目だけを露にした。

その瞳が穏やかな光を湛《たた》えて、私を見つめる。

「お前は昔からそうだったな。いつだって無条件にオレを受け入れてくれる。それに、……昨夜は寝ぼけていたお前から、価値のある言葉をもらったのだった」

「えっ」

「オレの機嫌がいいとしたら、昨夜のお前のセリフと、今朝のお前のセリフが原因だな」

今朝の私のセリフと言われても、日常会話を交わしただけだから、実際にシリウスの機嫌をよくしたのは昨夜の私の言葉に違いない。

全く覚えていないけれど、シリウスの機嫌をよくするなんて、眠っていた私、よくやったわ!!

心の中で昨日の自分を褒めるとともに、私の寝言を聞いたくらいで機嫌がよくなるなんて、シリウスは可愛いものね、と私は私の近衛騎士団長を微笑ましく思ったのだった。

それから、結局のところシリウスもよく眠れたようだし、誘惑添い寝作戦は彼を休ませるために有効のようね、と学習したのだった。

私がこの作戦を再び実行できたかどうかは——神のみぞ知る。

人気投票第3位

フィーア・ルード

フィーア、一日騎士団長となる

「あなたに一日騎士団長をお願いしようと思います」

シリル団長からお呼び出しだとの伝言を受け、急いで団長室に駆け付けた私に対し、にこやかに発せられた言葉がこれだ。

「へっ、一日騎士団長？」

唐突な話の展開に戸惑った私は、当然のようにぱちぱちと瞬きを繰り返す。

そんな私に向かって、シリル団長はにこやかな表情で説明を加えてきた。

この時点で既に、賢い私の警告音は鳴りっぱなしだ。

なぜならこれまでの経験から、シリル団長がにこやかな表情で私によく分からない説明をしてくるのは、ものすごい高確率で面倒事に巻き込もうとしてくる時だと理解していたからだ。

「ええ、そうです。騎士団内の気付きと改善を目的に毎年行われているイベントで、新人騎士の一人に1日だけ騎士団長の役割を担ってもらうのです。そして、その一日団長には騎士団入団式で模範試合を行った騎士が選ばれます」

「ひっ、そ、それは酷くないですか!?　ただでさえ模範試合に出て大変な目に遭ったというのに、さらに一日団長を務めなければならないなんて不公平ですよ！」

あまりにも理不尽な仕打ちに思われ、高名なる第一騎士団長様に不平を言う。

なぜなら騎士団トップであるサヴィス総長と模範試合をさせられたこと自体が、十分過ぎるほど手酷い新人への洗礼だと思われたからだ。

従順な新人騎士として従いはしたけれど、サヴィス総長は最強最悪に恐ろしかった。

魔法を使ってものすごくドーピングしたにもかかわらず、遥かに総長の方が強かったのだから。

「シリル団長はあの場にいたためご理解いただけると思いますが、サヴィス総長は黒竜以上に恐ろしかったんですよ！　新人騎士がお相手を務められるはずもない相手でしたからね!!」

「確かに私はあの場にいましたが、あなたは好戦的な表情で総長に向かって行ったように見えましたよ。それに、どういうわけか、あなたにとって黒竜は恐ろしい存在ではないようですので、黒竜以上だとたとえられても、どの程度恐怖を感じているのかが不明ですね」

シリル団長は軽い調子で私の言葉を切り返すと、その綺麗な顔を近付けてきた。

そして、内緒ごとを話す時のように声を潜める。

「ここだけの話ですが、一日団長の配属先はいつだってなかなか決まらないのです。どの団も忙しいため、これ以上の仕事を増やしたくないと、受け入れることに否定的ですからね。ところが、今年に限っては、どの団からも受け入れ希望がありました」

にこやかな表情のシリル団長を、私は疑いの目で見つめる。

「……どの団からもって、デズモンド団長からもですか？」

王城警備を担当する第二騎士団長が、私の受け入れを希望したとはとても思えなかったからだ。

案の定、シリル団長のリップサービスだったようで、団長は言いにくそうに口を開いた。

「ああ、……そう言えば、デズモンドだけからは希望がなかったかもしれませんね」

「ええ、分かっていました。『いつだってオレに余計な仕事を持ち込むフィーア・ルードをオレの懐に入れてみろ！　死ぬほど忙しくなることは、火を見るよりも明らかじゃないか!!　オレはそんな愚行は犯さない!!』とか言っていたんだと思います」

「……すごい想像力ですね。ほぼ間違いなく、同様のことをデズモンドは言っていましたよ。ですが、彼以外の全ての団長から希望があったのは本当です。そのため、午前と午後で受け入れる団が異なるという初めての事態が起きました」

「へ？」

「厳正なる抽選の結果をお伝えしますと、午前は第四魔物騎士団長、午後は第六騎士団長の役割をお願いすることが決定しました」

「なあああああ！」

クェンティン団長率いる第四魔物騎士団と、ザカリー団長率いる第六騎士団。

どちらとも、大変な目に遭う予感しかしない。

「日程ですが、第一騎士団の新規配属者訓練修了後は忙しくなりますから、訓練修了前に行いたいと思います。そのため、3日後の実施予定としました。あなた専用の団長服を用意していますのでお楽しみに」

シリル団長は伝えたいことを全て言い切ると、爽やかな笑顔のまま私を団長室から追い出した。


――そして、約束の3日後。

私は純白の騎士団長服に身を包んでいた。

深緑色のサッシュまで用意してあったため、恐る恐る身に着けてみたものの、鏡に映る姿への違和感が半端ない。

「……いや、これ、やっぱり罰ゲームでしょ。新人騎士が騎士団長の服装をするなんておかしいわよね」

騎士団長服を着用してみると、醸し出される借り物の感じが尋常でなかったため、往生際悪く、鏡の前でぶつぶつと独り言を言う。

けれど、今さらどうしようもないのだ。

私は大きなため息を1つつくと、諦めて部屋の扉に手をかけた。

「フィーア様、お待ちしておりました!!」

扉を開けると同時に、部屋の前に立っていた一人の騎士が弾かれたように顔を上げ、名前を呼ぶ。

「え、クェンティン団長？」

なぜこんなところにいるのかしら？　と驚いて名前を呼ぶと、団長は感激した様子で両手を握りしめた。

「フィーア様！　我が団の団長服が恐ろしく似合っておられます!!　これはもう脱ぐべきではありませんね！　このまま永遠に我が団の団長でいていただけるよう、シリルに掛け合ってみますから」

冗談なのだろうけれど、クェンティン団長の場合は本気かもしれないと思わせる真剣さが垣間見《かいまみ》えるため、賢い私は返事をすることなく愛想笑いを浮かべた。

「クェンティン団長、今日は半日お世話になります。ところで、私は何をすればいいのでしょうか？」

「素晴らしい質問ですね！　オレはこの3日間、そのことだけを考えてきました」

お忙しいはずの騎士団長がおかしなことを言い始める。

「考えに考えて、フィーア様のスケジュールを作成しました。まずは、騎士団長室で執務机に向かう姿を見せてください」

あら、クェンティン団長にしては普通のことを言うわよ、よかったわ、と安心しながら促されるまま第四魔物騎士団長室に移動したけれど、そこで私は驚愕することとなった。

「ひっ！　な、何ですかこの部屋は!?」

明らかに、前回訪れた時と部屋の内装が変わっていたからだ。

壁一面にたくさんのザビリアの鱗が掛けられているし、サイドテーブルの上にはザビリアの角が飾ってある。

さらに、執務机の上には色々な魔物を模した木彫りの人形が、所狭しと飾ってあった。

「え、ついこの間まで普通の執務室だったのに、な、何でこんなおもちゃ箱みたいな部屋になっているんですか!?」

「フィーア様が作製された魔物のパペットにインスピレーションを受け、オレも魔物を模した造作物を作ろうと思い付いたのです。それから、大好きな黒竜王様のお品を飾ろうと。いやあ、常に魔物グッズが視界に入っているなんて、恐ろしく幸福な空間ですね。それもこれもフィーア様からいただいたアイディアのおかげです」

心底幸せそうに説明をしてくるクェンティン団長を目の前にして、あ、やばいと警鐘が鳴る。

クェンティン団長に、おかしな扉を開かせてしまった気がする。

騎士団長という立場上、自由にできる権限は多いし、それ以上に自由な行動を取るタイプに思われたからだ。

これは早めに方向転換させないと、と心の中で考えていると、団長は爽やかな笑顔で椅子を勧めてきた。

「どうぞ、フィーア団長、椅子に座ってください」

それから、まるで大事なことを話すかのように小声で続ける。

「オレはサッシュを外してきました。つまり、フィーア団長専用の副団長ですね」

そう言われて見ると、今日のクェンティン団長は白い騎士服を着用していたけれど、普段と違いサッシュを身に着けていなかった。騎士団副団長の正式な格好だ。

ものすごく嫌な予感がしながら、恐る恐る椅子に座ると、それだけで絶賛される。

「ああ、素晴らしいです、フィーア団長！　椅子に座る姿が、正に我が魔物騎士団の団長ですね!!本当に、うっとりするほどその椅子がお似合いです」

絶対に嘘だと思う。先ほど鏡で確認したけれど、どう見ても私の姿は『なんちゃって騎士団長』だったのだから。

そのうえ、明らかに椅子のサイズが合っておらず、足が床から浮いているのだから。

けれど、一般騎士の身としては従順に従っておくべきだと考えた私は、クェンティン団長の褒め言葉を、ただただ黙って拝聴した。

もちろん、言っても無駄だと思ったわけでは決してない。

さて、その日の私は、一日騎士団長として大変な午前中を過ごした。

何をやっても、何を言っても、クェンティン団長から大げさなくらい褒められるのだ。

その上、魔物騎士団の騎士たちもクェンティン団長の発言全てに賛同し、同じように褒めてくる。前回派遣された時とは大違いだ。

「あの、魔物騎士団の皆様から見たら私はよそ者ですので、団のルールから外れたことをしていたら指摘してくださいね」

凡庸な発言をしても、騎士たち全員で褒めそやしてくることに居心地の悪さを感じて依頼すると、頼まれた騎士はとんでもないことを聞いたとばかりに慌てて手を振った。

「そ、そんな悲しいことを言わないでください！　フィーア団長は我々の立派な団長ですよ!!　先日、『星降の森』で行われた黒き王探索の際、従魔たちがオレたち契約主を差し置いて、フィーア団長の命令を聞いたのは衝撃でした!!　恐らくフィーア団長は魔物を従えるために一番大事なものを持っているのです」

「へ？」

「ただし、その『一番大事なもの』が何なのかを、オレたちはまだ分かっていないので、よければ本日はずっと側にいて、その何かを観察させてもらえればと思います」

とうとうこんなお願いをされ、多くの騎士たちが後を付いてくることになってしまった。

ちなみに先ほどの疑問に対する答えは、『私が聖女だから、従魔たちは言うことを聞いたんですよ』というものだけれど、さすがに口にするわけにはいかない。

そして、彼らのうちの誰も、今さら聖女になれるはずないのだから、観察するだけ無駄なのだ。

結果、どうしようもないなと結論付けた私は、へらりとした笑顔を張り付け、何事もなく午前中が過ぎますようにと、ただただそればかりを祈りながら過ごしたのだった。

余談だけれど、午前中で最も大きな試練だと感じたのは、クェンティン団長が作成した分刻みのスケジュールに従って従魔舎を見学していた際、私を目にした従魔たちが興奮して騒ぎ出すとともに、甘えるように擦り寄って来た時だと思う。

「あ、あら、白い騎士服を着ているから、クェンティン団長に間違えられたのかしら？　うふふ、クェンティン団長ったら人気者ですねー」

などと最高に愛想よく口にしてみたけれど、私の言葉を肯定してくれる者は誰一人としていなかった。

それどころか、騎士たちは信じられないといった表情を浮かべて私を凝視すると、思い思いのことを口にした。

「うわっ、本当に従魔たちがフィーア団長に擦り寄っている!?」

「あああ、オレだけだと言っていたカワイ子ちゃんが、フィーア団長に前足を差し出したぞ！　うああ、オレの恋心はずたずただ!!」

「クェンティン団長に間違われたかもって、……半分の身長のフィーア団長に、そんな間違いが起こるわけねぇだろう！」

騎士たちの後ろでは、クェンティン団長が感激した様子で両手を握りしめている。

「さすがフィーア様！　正に魔物騎士団長に相応《ふさわ》しいご雄姿です!!」

それから、騎士たちは何かに思い至ったかのように目を見開くと、緊張した様子で私を見下ろした。

「「「はっ、そうか!!　やはりフィーア団長は、伝説の魔物使いなのか!?」」」

「違うわよ!!」

好き勝手なことを言う騎士たちに、私は騎士団長として活を入れてやった。

これが、私の魔物騎士団長として最も意味のある仕事だったと思う。

◇　◇　◇

午前中だけで丸っと一日働いたような疲労感を覚えた私だったけれど、まだまだ太陽は空のてっぺんで輝いていた。

ザカリー団長のもとでの苦役、という午後が残っているのだ。

やるしかないとつぶやくと、私は肩を落としながら、第六騎士団長室に向かった。

「よう、フィーア団長！　今日はお手柔らかに頼むぞ」

第六騎士団長室の扉をそっと開けると、いつも通り元気溌剌《はつらつ》としたザカリー団長に迎え入れられた。

団長は楽しそうに笑うと、目の前でサッシュを引き抜いて私の前に差し出してくる。

サッシュの色は団によって異なるため、付け替える必要があるようだ。

午前中に身に着けていたサッシュは新品だったけれど、半日だけの一日団長だから、今あるものを借りるのが経済的よね、と考えながら焦げ茶色のサッシュを受け取ると斜め掛けにした。

けれど……腰までの長さのはずが膝まである。

「……ひでえな」

何事も正直に口に出すザカリー団長が、歯に衣着せぬ言葉を発してくる。

お世辞を言ってもらいたい気持ちはないけれど、午前中の褒め殺しの時間と比べるとあまりに落差が酷い。

今すぐ身長が伸びるはずもないので、『サッシュ長過ぎ問題』は見て見ぬ振りをすることにして、行うべき用務について質問する。

すると、ザカリー団長はにかりと笑い、私の頭に大きな手を乗せてきた。

「お前はうちの騎士たちに人気があるからな。あいつらとゆっくりしとけ」

「はい？」

「ここ2か月のお前は、第一騎士団の訓練中だというのに、魔物騎士団に出向したり、シリルの領地を訪問したりと、傍から見ても忙しそうだったからな。休息を取るべきだと思うが、第一騎士団にいたんじゃあ、くそ真面目に訓練を受け続けるしかねぇだろう？　たまにはシリルの目の届かない場所で、のんびりするのもいいんじゃないか」

「ザ、ザカリー団長！」

私を第六騎士団に呼んでくれた真の意図を明かされ、その男前な理由にじんとくる。

ああ、ザカリー団長は何て男気に溢れているのかしら!!

私は一気にザカリー派になることを決心すると、一切逆らうことなく騎士たちの訓練場に向かった。


30分後、私は土埃《つちぼこり》の舞う訓練場の隅に備え付けられたベンチに座り、太陽の光を浴びながら、ぼーっと騎士たちの訓練を見つめていた。

「ああ、じりじりとしたお日様の光を浴びていると、生きていることを実感できるわね！　そうよ、来る日も来る日も机にかじりついて、詩歌だとか大陸共通語だとかを学習するなんて、騎士の本分から外れているわ。私はこんな風にお日様の下で仕事がしたかったのよ！」

今の状態が仕事をしていると言えるのかは疑問だけれど、ザカリー団長が仕事と見做してくれるのだからそうなのだろう。

騎士たちに目をやると、どの騎士も真剣に打ち合いをしている。

「そうだわ、これが騎士本来の仕事なのよ！」

嬉しくなった私は、ぽかぽかとした陽気の中、そのまま騎士たちを眺め続けていたけれど……

「あっ、惜しい！　あと半瞬、踏み込みが早ければ勝てたのに!!」

「あああ、踏み込みもだけど、体が小さいから力が足りていないのかもしれないわね。あとほんの少し押し込めば勝てたのに！」

私自身が騎士としての技量が低いためか、自然と負ける方の騎士の気持ちになってしまうようで、気付いた時には、ドメニコと呼ばれる負けっぱなしの小柄な騎士を声に出して応援していた。

ドメニコは勝てないけれど、諦めることなく次々と自分よりも大きな騎士に向かって行くので、つい応援したくなるのだ。

私は幼い頃を思い出し、家ではいつも兄さんたちに負けっぱなしで、いつかは勝ちたいと思っていたなと回想する。

うんうん、ドメニコは昔の私のようだわ。

(※注：フィーアが騎士団入団試験時に兄たちに勝てたのは、魔法でドーピングを行ったおかげで実力ではありません)

「あっ、そうだわ！　ドメニコに一度、勝利を体験させてみるのはどうかしら？」

ぴんと閃くものがあった私は、ぽんと両手を打ち鳴らした。

「何事も一度体験することで体が覚え、繰り返せるようになるわよね。……でも、このままではなかなか勝てないだろうから、ドーピング薬を作るのはどうかしら？　効果の軽い、一過性のものにすれば、問題ないわよね」

前世における、類似の経験を思い出す。

３００年前に聖女たちに新たな薬の作製方法を教えたことがあったけれど、何度教えても『よく分かりません』と返されていた。

私の教え方が悪いのかしらと反省しながらも、分かりやすい教授方法が分からなかったため、同じように教え続けていると、一人、２人とコツを摑む者が現れ始め、一度感覚を覚えた聖女たちは連続して薬化に成功するようになった。

つまり、そういうことなのだ。

聖女の薬と剣技では少しやり方が異なるかもしれないが、結局のところ、感覚を体に覚え込ませることが重要なのだろう。「勝つ」という感覚を覚え込ませることが。

私はベンチから立ち上がると、周りをきょろきょろと見回し、薬作りに必要な薬草を探すことにした。

どういうわけか王城の敷地内には役に立つ薬草があちこちに生えていて、便利なことこの上ないのだ。

訓練場の周りに生えている雑草の中から必要な薬草を探し出して摘み終わると、私は第六騎士団内にある簡易台所に向かった。

「ふっふっふ、回復薬は液体だから、誰もが『薬は液体だ』という固定観念があるはずよ。固形物に薬草を練り込んでしまえば、万が一にも疑われることはないはずだわ！」

素晴らしい閃きだと自画自賛しながら、薬草と魔力を練り込んだクッキーを作る。

ポイントは魔力を込め過ぎないことだ。

『ほんの少しだけ、力とスピードが上がったかな？』と思わせる加減に止められるよう調整する。

薬草を細かくすり潰す手間を惜しんだため、葉っぱの形がクッキーの表面にくっきりと浮かび上がったのはご愛敬《あいきょう》だ。

「問題は、このクッキーをどうやってドメニコにだけ食べさせるかよね？」

なぜなら全員が身体能力向上のクッキーを食べてしまえば、全員の能力が底上げされて差がつかず、『今日は調子がいいような気がするぞ』と全員が思うだけで終わってしまうからだ。

「そうだわ、フェイクを作ればいいのよ！」

私はドメニコ以外の騎士用に、何の効果もない普通のクッキーを作ることにする。

「できたわ！」

焼き上がり、どきどきしながらオーブンから取り出してみたところ、火力が均一ではなかったようで、真ん中に配置していたクッキーは焦げていた。

焦げたクッキーは全て効果付きのクッキーだったけれど、気にしないことにする。

「うんうん、むしろ焦げたクッキーが全て効果付きだなんて、目印代わりになって分かりやすいじゃないの」

私はお盆の上に山盛りのクッキーを載せると、再び訓練中の騎士たちのもとに向かった。

「おっ、フィーア団長、いいものを持っているな！」

訓練場に戻ると、私がお菓子を持っていることに目ざとく気付いた騎士が声を掛けてきた。

「皆さんに差し入れを作りました。よかったら食べてください」

私はにこにこと笑みを浮かべると、親切を装って皆にクッキーを配る。

そして、ドメニコが近寄って来た時にすかさず、お盆の端によけておいた効果付きのクッキーを差し出した。

「はい、ドメニコ。こちらをどうぞ！」

「えっ、焦げてないか？　くうっ、オレにだけ焦げたクッキーが差し出されるとは、一日団長から手厳しい洗礼を受けたぞ！」

わざとらしく顔を歪めながらも陽気な声を出してくるドメニコに、私はきちんと反論する。

「まあ、違いますよ！　これは相手に勝てるようにとの願いを込めた、特別なクッキーなんです」

私の言葉を聞いた騎士たちが、やんやんやんやと囃《はや》し立てる。

「確かに特別だな！　お前のクッキーには葉っぱが練り込んであるぞ」

「本当に葉っぱだな！　色も緑になっているじゃねぇか！　焦げているから、よく分からないのが不幸中の幸いだな」

口々にからかいの言葉を発する騎士たちの真ん中で、効果付きのクッキーを手に取ったドメニコはじっと手の中のお菓子を見つめていた。

あ、あら、お気に召さなかったのかしら？　確かにドメニコのクッキーだけ焦げているし、葉っぱが入っているけれど、嫌がらせだと思われていないわよね？

そう心配になっていると、ドメニコがこちらを振り返り、にかりと笑みを浮かべた。

「ありがとう、フィーア団長！　ちょうど田舎の母親から、肉ばかり食べずに野菜を食べろと手紙が来たところだったんだ。よし、今日は野菜を食べたぞ！」

そう言いながらドメニコは焦げたクッキーを丸ごと口に入れると、ばきんぼきんとおかしな音を立てながら全てを食べ切った。それから、「うまい」と感想を口にする。男前だと思う。

私は嬉しくなって、ドメニコに微笑みかけた。

「名誉ある騎士に、葉っぱで作った冠を被せることがありますよね？　葉っぱという意味では、このクッキーに練り込んだものも同じなので、相手に勝てるようにとのおまじないなんですよ」

「いやー、ドメニコ、お前、愛されているな！」

「すげー大雑把な考え方だが、フィーア団長がここまで言ってくれたんだ。これは1勝しないとな！」

ばんばんとドメニコの背中を叩きながら、好意的な言葉を掛ける騎士たちを見て、本当にここの騎士は皆、気持ちがいいわねと思う。

だからこそ、ドメニコもこの中で頑張ろうと思うのかもしれないわ。

けれど、これほど劇的にドメニコが変化するとは、誰も思っていなかったに違いない。

なぜならまるで魔法にでもかかったかのように、それ以降の訓練風景は先ほどまでと一変することになったからだ。

(※注：実際にドメニコは魔法にかかっています)

ドメニコの動きは誰が見ても分かるほどに素早くなり、力も増している。

「……へっ、どういうことだ!?」

意味が分からないとばかりに眉根を寄せる騎士たちを、ドメニコが次々に撃破していった。

「……すげぇ！　勝てた!!　楽しい!!」

ドメニコは喜色満面になって喜びの声を上げると、私を振り返る。

「フィーア団長、葉っぱクッキーの効果はすさまじいな！　ありがとう!!」

まあ、よかった、クッキーを作った甲斐《かい》があったわ、と嬉しくなった私も満面の笑みになる。

「どういたしまして、ドメニコ！　たくさんの勝利、おめでとう!!」

ドメニコの言葉を聞いた騎士たちは、はっとしたように目を見開くと、一斉に私を振り返って次々に駆け寄ってきた。

「フィーア団長、葉っぱクッキーをくれ！」

「オレもだ！　世にも奇妙な葉っぱ入りの焦げたクッキーをくれ!!」

「えっ、あ、はい、どうぞ」

ドメニコも勝利体験をしたことだし、もう皆に配ってもいいわよねと思った私は、求められるままにクッキーを手渡す。

こうして、完全に売れ残っていた葉っぱ入りのクッキーは、一瞬にして売り切れたのだった。

そして、その後、当然のように強さが1段上がった騎士たちを見て、残りの騎士たちが「フィーア団長、オレにも焦げたクッキーをくれ!!」と大挙してきたのは、仕方のない話だろう。

結局、騒ぎを聞きつけたザカリー団長に救出されるまで、私は空っぽになったお盆を手に、困ったように騎士たちを見つめていたのだった。


さて、こうして私のものすごく長かった、騎士団長としての一日が終わった。

へとへとになってベッドにもぐりこみながら、こんなに大変なことを毎日こなしているなんて、騎士団長たちは大変ねと心から同情する。

そして、『平の騎士万歳!!』と心の中で叫びながら眠りに落ちた。

それからしばらく経ったある日、廊下ですれ違ったシリル団長から呼び止められて質問を受けた。

「フィーア、あなたが一日団長を務めた翌日から、第四魔物騎士団ではおかしな言動が流行り出し、誰もがあなたの真似をし始めたとのことですが、ご存知ですか?」

「えっ、そ、そうなんですか!?」

初めて聞く話に驚いて目を見開くと、シリル団長は困った様子でため息をついた。

「騎士たちが真似する内容はあまりにくだらないので割愛しますが、何でも従魔を上手く従えさせる『伝説の魔物使い』になるためのおまじないだそうです。どういうことだか分かりますか?」

私は俯くと、小さな声で答えた。

「わ……かりません」

「そうですか。それから、第六騎士団では食事に葉っぱを混ぜることが流行っているそうです。あの肉しか食べない第六騎士団で、ですよ。何でも『ぽっこり救世主』が編み出した、弱者救済の方法だそうですが、どういうことだか分かりますか?」

「……分かりません」

知らぬ、存ぜぬと、そう言い切ったにもかかわらず、シリル団長の疑うような強い視線を感じる。

くうっ、嫌だと抵抗したのに一日団長を押し付けられ、きちんとやり遂げたのに後日になって詰問されるとは、全く何事だろう。

しばらく黙って俯いていたものの、割に合わないと考えた私は、勢いよく顔を上げるとシリル団長に力説した。

「私はしょせん一日団長で、魔物騎士団でも第六騎士団でもよそ者でしたからね！　他団のおかしなしきたりなど、聞かれても分かりませんよ！　私が所属しているのは第一騎士団ですから!!」

胸を張って答えると、シリル団長は一瞬目を見張った後、嬉しそうに微笑んだ。

「フィーアはとても嬉しいことを言ってくれるのですね。そうですね、他団の特殊なルールなど私たちには関係ないですね」

あ、珍しく騙されてくれたわ、と思った私は嬉しくなってシリル団長に微笑んだ。

私の反応から、『どうやらこれはくだらない案件だな。スルーしよう』と団長が判断したことと、『他団のことに首を突っ込まない』との暗黙のルールがあることを知らなかったからだ。

嬉しそうに微笑む私を見下ろしながら、シリル団長は綺麗に微笑んだ。

「あなたは本当に可愛らしいですね。けれど、馬鹿な子ほど可愛いと言いますから、他団の騎士たちも同じように感じる可能性が高いですね。しばらくはどこにも出さないことにしましょう」

「ちょ、シリル団長、今私を馬鹿にしましたね!?」

「もちろん違います。あなたを親しく思うがゆえの言葉ですよ」

シリル団長から褒められ過ぎることも貶されることもなく、普通の会話を交わしながら、ああ、やっぱり第一騎士団はとっても居心地がいいわねと、私は改めて思ったのだった。

人気投票第4位

サヴィス・ナーヴ

フィーア、サヴィス総長に『大聖女の薔薇』を献上する

騎士団に所属して1つ分かったことは、騎士の全員がサヴィス総長を崇拝していることだ。

通常であれば、上司に対して大なり小なり不満が溜まり、色々な席で苦情が飛び出すものだけれど、サヴィス総長に限っては好意的な発言しか聞いたことがない。

「くあー、見たか、昨日の総長！　マントを翻して馬に乗る姿、マジでかっけえんだけど」

「分かる～!!」

たとえばこんな風に、馬に乗るだけで話題にされ、憧れる騎士が続出する。

「それよりも先ほどの剣技だろう！　シリル団長と手合わせしているところなんて、見ているだけで鳥肌がたったわ」

「いやいや、語るべきは総長の芸術的なシックスパックについてだろう。どれだけ鍛えれば、ああなれるんだ？」

筋骨隆々とした騎士たちが、瞳をきらきらさせて総長愛について語る姿は、はっきり言って暑苦しい。

けれど、総長はカリスマで魅力的だから、皆の気持ちも分かるのよね、と思いながら話を聞いていると、クラリッサ団長から質問された。

「フィーアちゃんにとって、総長は憧れの人なのかしら?」

「憧れですか? ……私が体を鍛えても総長のようになれるとは思いませんので、憧れて目指しているのとは違いますが、色々と気に掛けてくれるし、面倒を見てくれるし、男気がある理想的な上司だと思います」

「総長が気に掛けてくれて、面倒を見てくれるなんて、そんな言葉が言えるのはフィーアちゃんくらいじゃないかしら」

「へ?」

言われている意味を理解できずに首を傾げると、クラリッサ団長はおかしそうにふふふっと笑った。

「サヴィス総長は昔っからカリスマで完璧だったけれど、孤高というか、誰一人寄せ付けない雰囲気があったのよね。辛うじて近寄れるのはシリルくらい。だけど、確かに最近は、話しかけることができるくらいには柔らかい雰囲気に変わったわよね」

「それはクラリッサ団長が多くの経験を積まれて、総長の能力に近付いてきたからお側に寄れるようになったとか、そういう意味ですか?」

「うふふふ、そんな畏れ多いこと考えもしないわよ。そうではなくて、総長が纏われる雰囲気が目に見えて柔らかくなったということよ。私はそれがフィーアちゃんのおかげだと思うのよね。フィーアちゃんはいい意味で明るいし、根拠がなくても自信満々で前向きだし、聖女について恐ろしく理想家な一面があるじゃない？　総長はご自分で気付いてないようだけれど、フィーアちゃんみたいなタイプが人間的に好きなんじゃないかしら」

クラリッサ団長の発言内容は、褒められているのか貶されているのか判断が難しかったけれど、団長の好意的な表情から褒められているものと解釈する。

「ありがとうございます。でも、総長と私は全然違うタイプですよね。『かっちん』と『ゆるり』みたいな。好みというのは、もう少し自分に似たタイプになるんじゃないですかね」

「必ずしもそうとは限らないわ。人には立場とこれまで送ってきた人生があるし、望み通りの生活が送れているとは限らないのだから」

「なるほどですね」

クラリッサ団長の言葉に同意していると、団長はおどけた様子で肩を竦めた。

「フィーアちゃんのおかげもあって、私たちはやっとのことで総長の信頼を勝ち取り、そのスペースにわずかなりとも立ち入らせてもらえるようになれたんだわ。できれば今後は総長自ら扉を開いて、私たちに入ってくるよう促してほしいものだけれど。……望み過ぎかしら？」

クラリッサ団長に返事をしようと口を開きかけたところ、正にその総長からのお呼び出しだと、騎士の一人が私を探しに来た。

そのため、「まあ、噂をすれば影ね！」とクラリッサ団長に驚かれながら、私はその場を後にしたのだった。


「特命ですか？」

私は神妙な表情を作ると、総長の口から発せられた単語を繰り返した。

間違いなく嫌な予感しかしない。

そもそも一介の騎士が総長室へ呼び出されること自体が特異なことだ。

私はまだ訓練中でもあることだし、どう考えても暇な騎士を呼びつけて、どうでもいい用事を押し付けようとしているように思われる。

思われるけれども、相手は騎士団のトップだ。

どんな命令を下されようとも、神妙な表情を作って、「ははあ」と承るしかないのだ。

そんな私の考えを読み取ったわけでもあるまいに、サヴィス総長は手にしていたペンを置くと、至極真面目な表情で口を開いた。

「ああ、そうだ。お前に花を買ってきてもらいたい」

「花、ですか？」

サヴィス総長と花という単語が全く結びつかず、思わず問い返してしまう。

すると、総長は問い返された理由が分かっているとばかりに苦笑した。

「ああ、国王に献上する花だ」

「国王陛下!!」

さらりと口にされた単語が重すぎて、再び繰り返してしまう。

まあ、お会いしたこともない王国最高位の方への献上品を準備するよう頼まれましたよ。

「え、と、その、花、を買ってくるんですね?」

総長の説明が少なすぎて全容が把握できないため、せめて花の種類なりとも情報がほしいと思い、縋るように総長を見つめる。

すると、総長は片手を唇に当て、考える様子で視線を彷徨《さまよ》わせた。

その姿は、どこまで説明したものかと思案しているように見えた。

「……国王は定期的に墓標に花を捧げている。普段は国王自ら花を用意するのだが、今回はその準備を頼まれた」

「はい」

「墓標の主は、……聖女だ。だからこそ、全ての聖女に敬意を払うお前が適任だと考えた。そのような考えの者が選んだ花を贈るべきだろうからな」

「…………」

私はびっくりして総長を見つめた。

王家が聖女を大切にしていることは知っていたけれど、至尊の冠を戴く国王が定期的にその墓標を訪れるほどとは思わなかったからだ。

「どのみちオレに花の種類は分からないから、オレが選ぶよりもいいものになるはずだ。それくらいの気持ちで、気負わずに気に入った花を買ってこい」

「承知いたしました」

1か月後に花を持ってくるよう指示されると、私は総長から渡された高額のコインを握りしめながら総長室を後にした。


10分後、――私は色々と驚きを感じながら、王城の庭を歩いていた。

国王が定期的に献花に訪れるほど、聖女が敬われているとは考えもしなかったからだ。

恐らく誰もが知っている事実だろうけれど、総長がわざわざ説明してくれたことに重みを感じる。

なぜなら総長には、私に詳細を説明する義務はないからだ。

にもかかわらず、これほど誠実に対応されたなら、しっかりと考えて、聖女へ捧げる適切な花を準備しないといけない気持ちになる。

私は人通りが少ないところでゆっくり考えようと、緑の泉があるお城の東側に向かった。

そして、緑の泉を見つめながら、考えること数十分……

うーん、聖女を象徴する花って何かしら?

私は泉に映った自分の姿を見つめながら、大きく首を傾げていた。

前世において、大聖女であった第二王女の私の印は薔薇で、戦闘時には必ず赤い薔薇を手首に巻いていた。

また、前世でサザランドを訪問した際、記念にと赤い花を付けるアデラの木を植えてきた。

つまり、赤い花を聖女の象徴として使用する傾向が300年前にあったのだ。

ただしそれは、髪色が血の色に近いほど優れた聖女の器だと言われていたことに起因していて、聖女にとって最上の色が赤色だったからだ。

ということは、赤い色の花を選ぶべきだろうか？

「献花を受ける聖女の方の髪色が気になるところだけど、お相手はきっと複数で、髪色はバラバラだろうから、色を合わせることは難しいわよね。それに、……聖女へ贈る赤い花は敬意を表すから、少なくとも失礼に当たらないわよね」

そう考えた時、私は突然閃いた。

「そうだわ、私の薔薇を贈ればいいのじゃないかしら!?」

大聖女であった第二王女の薔薇は特別で、当時は私以外手にすることができなかった。

そのため、私から私の薔薇を贈られることは、聖女にとって最上の栄誉だと言われていたのだ。

「……ただし、問題は私の薔薇の元が残っているかどうかだけど」

『大聖女の薔薇』は花びらに特徴があったけれど、それは私が魔力を注ぎ込みながら育てたからこそだ。

特定の種の薔薇に、蕾を付ける少し前の時期から毎日魔力を注ぎ込むことで、『大聖女の薔薇』に変化するのだ。

「もしも残っていたとしても、今となっては普通の薔薇にしか見えないだろうけれど、あの特別な品種じゃないと、私の魔力を注いでも『大聖女の薔薇』にならないのよね」

私は立ち上がると、王城の南側を目指すことにした。

「300年前に私の薔薇が植えてあった場所辺りに、同じ品種が残っているかもしれないわ。四季咲きだったから春から秋まで花を付けるし、少しでも残っているといいのだけど」

けれど、実際に行ってみると、かつて薔薇が植わっていた場所には騎士団の男子寮が建っていた。

「ぐふう、そう来たか！」

仕方がない。これは仕方がない。

日々頑張っている騎士たちの寝床は薔薇園よりも大事に違いない。

念のためにと男子寮の周りを探してみたけれど、薔薇らしき植物は見当たらなかった。

がっくりと肩を落としていると、通りかかったザカリー団長から声を掛けられる。

「フィーア、探し物か？」

「ザカリー団長！　ええ、薔薇の花を探していまして」

「ばら？　って、何だ？　聞き慣れない言葉だな」

うわあ！　花の中でも一番有名な品種のはずですが、ザカリー団長くらい男前度を極めると、薔薇が何かも分からないんですね。

「いえ、お気になさらないでください。食べ物ではありませんので、間違いなくザカリー団長の人生に関わることのない単語です」

すると、ザカリー団長の後ろにいたギディオン魔物副団長が、おずおずとした様子で口を開いた。

「その、フィーアさん、王城の北東に薔薇の株がありますよ」

「え？」

ザカリー団長よりも更に厳つい外見をしているギディオン副団長が、薔薇の花を認識できていたことに純粋に驚く。

けれど、以前判明した情報によると、ギディオン副団長は自分の従魔に『薔薇《ローズ》』と名付けているのだった。意外と花好きなのかもしれない。

私はお礼を言うと、教えられた場所に向かった。


――――300年前の王城において、『大聖女の薔薇』が他の薔薇種と自然交配することを防ぐため、敷地内に植えられていた薔薇種は『大聖女の薔薇』のみだった。

そのルールが未だ残っているとは思わないけれど、もしかしたら……と希望を持って探してみると、薄緑色の花が咲いている薔薇が見つかった。『大聖女の薔薇』となる薔薇種だ。

「ホ、ホントにあった！」

私はびっくりして目を見開いた。

見間違いではないかしらと何度も確認したけれど、濃い緑の花を付ける薔薇など他にないはずだ。

私は嬉しくなって、「やったわ!!」と3回叫んだ。

よく見ると、辺り一帯に薔薇の株がたくさんある。

周りに雑草が生えていないところを見ると、きちんと手入れをされているようだ。

庭の手入れをしている人は、突然薔薇の花色が変わったら驚くかしらと気になりながらも、まだ蕾を付けていない株にゆっくりと魔力を注ぎ込む。

そして、その日から、王城の北東に位置する庭を訪れ、薔薇に魔力を注ぐことが私の日課となった。

◇　◇　◇

サヴィス総長に指示されていた1か月後、私は意気揚々と総長室へ向かっていた。

正に絶妙のタイミングで、初めての赤い薔薇が咲いたからだ。

全てを摘むと10本ほどになった薔薇を抱え、総長室へ持っていく。

訪問したタイミングがよかったようで、待たされることなくすぐに部屋の中に通された。

「フィーア、お前の表情を見るに、満足いく花が買えたようだな」

開口一番そう口にした総長は、執務机を挟んで興味深そうに私を見つめてきた。

私はにこりと笑顔になると、持ってきた花を差し出す。

「はい、こちらの赤い薔薇をお持ちしました」

「これは……」

けれど、薔薇を目にした途端に総長は表情を一変させると、音を立てて椅子から立ち上がった。

それから、執務机を回ってくると私の前に立ち、身を屈めて私が抱えている薔薇を確認する。

煌めく花びらを目にした総長は、ぐっと眉間にしわを寄せると体を起こし、真剣な表情で私を見下ろした。

「フィーア、この花をどこで手に入れた？　これは『大聖女の薔薇』かと思うほど、かの花に酷似している」

「えっ!?」

酷似しているというよりも、本物ですけどね。

というか、この花が『大聖女の薔薇』だと見抜くなんて、総長は本当にあらゆることに詳しいですね。

そこまで見抜かれるのはマズいと思った私は、偶然見つけた形を装うことにする。

「ええと、その、花屋を見て回ったのですが、なかなかこれと思われるものがなかったので、考えを整理しようと城内を歩いていたんです。その時、庭の隅でこの薔薇に気付き、赤い薔薇ならば間違いないだろうと考えて摘んできました」

けれど、話している最中に自分が大変なことをしでかしたことに気付いたため、衝撃で叫び声が出そうになる。私は声が出ないよう、慌てて口を押さえた。

両手を口に当てたまま目を白黒させていると、何事かが起こったことを察した総長から話の続きを促される。

「どうした。何でもいいから、思ったことを話してみろ」

「そ、総長！　私は王城内の花を、許可なく摘んでしまいました!!」

「うん？　ああ、そんなことか。むしろお前が、許可を取って摘み取ったとは思いもしなかったな。花を摘むくらい、問題ないだろう」

「え、構わないんですか？　よ、よかった。すごく怒られると思ったぁ」

ほっと胸を撫でおろしていると、頭の上でため息をつかれた。

「……お前の様子を見るに、たまたまこの花を見つけたのか？　だが、これまで誰も、これほど特徴的な花に気付かなかったのか」

確かにこの薔薇は花びらに特徴があり、一目見たら誰でもその特別性に気付くはずだ。

なぜならまるでカットされた宝石のように、薔薇の花びらがきらきらと煌めくのだから。

うふふふ、見た目の美しさだけではなく、効能も凄いですよ。

この花びらを浮かべたお茶を飲んだだけで、様々な効果が付与されるのですから。

「この煌めきを見るに、禁書に書かれていた『大聖女の薔薇』に思われるのだが、あの花は300年前に絶えたはずだ。それが、なぜ再び現れたのか……」

総長から考え込むような瞳で見つめられたため、私は神妙な表情を作ると口を開いた。

「ただの偶然だと思われます！　そもそもそれは『大聖女の薔薇』っぽい薔薇で、本物ではないかもしれませんし」

「……お前は、事の重大性を理解していないな」

総長は身を屈めると、床に片膝を突いた。

「ひっ、そ、総長!?」

「貴重な花を拝領する」

サヴィス総長はそう口にすると、真摯な表情で薔薇の花を受け取った。

その様子を見て、ああ、総長は花に敬意を表したのね、ただの植物だというのに『大聖女』と付いただけで大袈裟な扱いになるのだわとびっくりする。

総長はそのまま立ち上がると、私の頭に大きな手を乗せた。

「フィーア、お前はいつだってオレの想像を超えてくる。お前に頼みごとをする時は、もっと慎重に行うべきかもしれないな」

「え？」

「この花の取り扱いは国王に相談して決めることにしよう。フィーア、ご苦労だった。お前の仕事

は見事だった」

総長に褒められた私は嬉しくなって、自然と笑みが零れる。

「お褒めいただき、ありがとうございます！」

けれど、そこで預かっていたお金があったことを思い出す。

「そうでした、総長、コインをお返しします。お店で購入しませんでしたので、お金は使いませんでした」

ポケットから取り出したぴかぴかのコインを差し出すと、総長は私の手の上に自分の手を重ね、もう一度私にコインを握り込ませた。

「それをオレが受け取るわけにはいかない。購入する方が何倍も簡単だったろうに、お前はそれをせずにこれほどの花を探し出してきたのだから。……そうだな、それで友人と食事でもしてこい」

「えっ、それはさすがに……」

「オレが許可する。そもそものコインは国王の私財だ。返されても国王が困るだけだ。ああ、だが、オレはつい今しがた、お前に何かを言い付ける時は慎重にすべきだと、自分に言い聞かせたばかりだったな……頼むから、食事の席で未曽有《みぞう》の事件を起こしてくれるなよ？」

そう言いながら茶目っ気たっぷりに笑いかけてくる様子は、いつも通りの総長だった。

私は食事の席で大人しくすることを約束すると、総長室を後にした。

総長室からの帰り道、廊下でクラリッサ団長と鉢合わせした。

「あら、フィーアちゃんじゃないの。こんなところでどうしたの？」

「はい、サヴィス総長に薔薇の花を渡してきた帰り道です」

「総長に、何ですって？」

クラリッサ団長は驚いたように立ち止まると、私の発言を再確認してきた。

まあ、そうなるでしょうね。「総長」と「花」は組み合わせとして間違っていると、誰もが思うことでしょうから。

「ええと、極秘情報が交じっていると思われるため自己判断で省略しますが、総長にお花を買ってくるよう頼まれ、調達したお花を渡してきたところです」

自分で発言しながら、しゃべれる部分が少な過ぎると思う。

これではクラリッサ団長は全く理解できないのじゃないかしらと思ったけれど、さすがは情報通の団長。「なるほど」と全てを理解している様子で頷いた。

「総長が花を必要とするなんて、自分の用事ではないわよね。そして、総長に申し付けることができる方はこの国に一人だけだから、国王陛下から聖女様への献花ってことかしら」

「そ、その通りです！」

私の提供した少なすぎる情報から見事に正解を言い当てられ、びっくりして目を見開く。

けれど、私の言葉を聞いたクラリッサ団長も、大きな目をこれでもかと見開いていた。

「ええ、本当に⁉　結論はそれしかないはずだけれど、でも、本当に？」

「はい」

肯定すると、クラリッサ団長はまじまじと私を見つめてきた。

「……フィーアちゃんは総長の特別なのね。ただ花を準備するだけに思えるかもしれないけれど、その用務は国王陛下から依頼された、ものすごく重要なものなのよ。それを他の人に頼むなんて、今までの総長なら決してやらなかったわ。シリルでも、デズモンドでもなく、……フィーアちゃんが適任だと判断されたのだわ。そんな風に特別な資質を認めてもらうなんて、フィーアちゃんは総長から認められているのね」

「え、そ、そこまでの話では……」

「国王陛下に頼まれた用務を、総長に代わって取り行うよう依頼されたのだから、そこまでの話なのよ。驚いたわね、ついこの間話していたことが現実になってしまったわ！　総長がフィーアちゃんのために大きく扉を開くなんて」

「え？」

「驚いたけれど、すごくいいことだわ。総長にとっても、騎士団にとっても」

そう言うと、クラリッサ団長は嬉しそうに笑った。

「フィーアちゃんは新しい風なのね。誰も変えられなかった総長を少しずつ変えていくなんて！」

初めて会った時から、サヴィス総長は決して閉鎖的でなかった。

顔を合わせる回数が増えるに従って、色々と言い付けられる回数が増えるのは当然で、特別なことは何もないと思われたため、私は少しだけ首を傾げた。

「お言葉を返すようですが、私が特別扱いされているわけではありませんよ。総長は全ての部下に対して親切だし、信頼して用務を言い付けてくれるはずですから」

「……そう言えるフィーアちゃんだからこそ……」

「え、何か言いました?」

「いえ、……ええ、サヴィス総長のような方の下で働けて幸いね、と言ったのよ」

「あ、それはそうですね。心からそう思います!」

私は全面的にクラリッサ団長に同意すると、改めてサヴィス総長の下で働けることを幸福に思ったのだった。


ちなみに、総長からいただいたコインは、デズモンド団長、ザカリー団長、ギディオン副団長と食事をしたところ、1晩でなくなった。

「え、20人で飲み食いしても、とても使い切れないほどの大金なのに……」

騎士の食欲に茫然としたことは、ある意味当然だと思う。

そして、私は二度とこの3人は誘わない、と心に強く誓ったのだった。

――『大聖女の薔薇』を探し出した私に国王陛下が興味を持ち、色々と大変なことになるのはもう少し先の話。

人気投票第5位
クェンティン・アガター

【SIDE】第四魔物騎士団長クェンティン「フィーアからの土産に狂喜乱舞する」

その日は、朝から従魔のグリフォンが落ち着かない様子だった。

オレのグリフォンは冷静沈着で、何事にもクールに対応するのだが、どういうわけか一日中そわそわとした様子で空を見上げているのだ。

天気でも崩れるのだろうかと雲の動きを確認するが、別段雨が降る様子は見受けられない。

こんな日もあるのかもしれないと思いながら一日の勤務を終え、帰り支度をしていると、廊下から元気のいい足音が聞こえた。

「フィーア様!?」

待ち望んでいた人物の足音のように思われ、願望を込めて呼びかけながら廊下につながる扉を開ける。

すると、扉の前には正に会いたいと思っていた少女騎士がいて、こちらを見上げていた。

「クェンティン団長、お久しぶりです！　今からお帰りですか？」

「フィーア様！　霊峰黒嶽からのご無事のお戻りを嬉しく思います!!」

オレは心からの言葉をかけると、素早くフィーア様に近寄り、その両手を取った。

さっと彼女の全身に視線を走らせてみるが、怪我をしている様子も、体調が悪そうな様子も見受けられない。

よかった、カーティスはきちんと護衛の役割を果たしたようだなと胸を撫でおろしながら、再びフィーア様の顔に視線を戻す。

すると、フィーア様はにこにこと笑みを浮かべたまま、嬉しそうな様子で口を開いた。

「クェンティン団長、ご心配いただきありがとうございます。王都は変わりなかったですか？」

「もちろん、変わったことだらけです！　フィーア様がご不在の間、従魔舎の従魔たちは目に見えて元気がなかったし、オレも寂しかったです」

「へっ？　クェンティン団長が寂しかったんですか？」

全く意味が分からないといった様子で瞬きを繰り返すフィーア様に、オレはきちんと説明する。

「その通りです！　フィーア様が従魔舎に来てくれる度に、従魔たちに新しい発見がありますから、オレは一日千秋の思いでフィーア様のお帰りをお待ちしておりました！」

「あ、そういうことですね」

オレの気持ちが上手く伝わったようで、フィーア様は心から納得した表情を浮かべると、すぐに悪戯っ子のように瞳を輝かせた。

「クェンティン団長、今から帰宅されるのでしたら、一緒に外まで行きませんか？　お約束していた霊峰黒嶽のお土産を渡したいんです」

「お土産!!」

そうだった。フィーア様はオレに特別のお土産を約束してくれていたのだった。

「フィーア様、オレはこの1か月の間、フィーア様からの特別なお土産を受け取る権利を胸張って主張できるよう、これ以上ないくらい立派に過ごしました！　シリルから国内貴族の護衛を言い付けられた時も、デズモンドから従魔を使って王城上空の見張りをするよう言い付けられた時も、クラリッサから流行りのパン屋で出来立てのパンを買ってくるよう言い付けられた時も、職務分掌外だと分かっていながら従順に従ったんです!!」

「そ、それは……クラリッサ団長は美味しいパンが食べられて嬉しかったでしょうね」

フィーア様は言葉を選ぶ様子で発言した後、気を取り直すかのように微笑んだ。

「ふふふ、騎士団が円滑に運営されている陰の功労者は、クェンティン団長かもしれないですね。私も頑張ってお土産を持ってきた甲斐がありました」

楽しそうなフィーア様と並んで廊下を歩きながら、建物の外に出る。

すると、その瞬間、フィーア様に向かって1頭の黒い鳥らしきものが飛んできた。

デズモンドであれば、『黒焦げになった鳥か!?　焼き鳥にする手間が省けたな』とでも言いそうだが、オレがその姿を間違えるはずもない。

「こ、黒竜王様……!!」

オレは棒立ちになると、その麗しくも美しいお姿に見とれた。

生物は子を産み、代を重ねることで、より優れた形質を獲得していくものだが、黒竜王様はたった1頭きりで至上の形質を獲得されたのだ。

その完成された美しさを目にし、感動で言葉を失っているオレの前に、黒竜王様はゆっくりと舞い降りてくると、フィーア様の肩に止まった。

黒竜王様の形状が小さくなっているため、その全身を視界に収めることができる。

これまでは他の魔物に擬態するため、小さくなる時は必ず被り物をされていた黒竜王様が、初めて真の姿のまま縮小化したお姿を露にされたのだ。

通常のサイズであれば、大きすぎて全身を視界に収めきれないのだが今は違う。

至高の造形を余すことなく目にすることができた、何と美しい、と心の底から思う。

ああ、素晴らしいお土産をいただいたと、オレは感動に打ち震えた。

「フィ、フィーア様、黒竜王様を連れて帰って来てくださるなど、最高のお土産です!! しかも、普段と異なりブルーダブに模したお姿でなく、黒竜王様のお姿で小さくなっていただくなど感無量です!!」

しかしながら、オレの言葉はフィーア様からあっさりと否定される。

「いいえ、ザビリアはお友達として一緒に戻って来ただけで、お土産ではありませんよ」

「え?」

「クェンティン団長のお土産は別にあります」

フィーア様はそう言うと、まるで合図でもするかのように、空に向かって片腕を高く掲げられた。

お土産は黒竜王様を連れて帰ってきてくれただけで十分……と言いかけたオレの視界に、赤い塊が映る。

それはちょうど日暮れの時間帯で、空一面が赤く色付いていたのだが、その中に一際赤い塊が現れたかと思うと、ぐんぐんと近付いてきた。

そして、その正体が何かに気付いた時、赤い塊は――燃えるような緋色のグリフォンは、オレの前に優雅に舞い降りた。

「………‼」

美しい！　美しいな‼　……それしか言葉が出てこない。

至高のグリフォンが突然現れた理由が分からず、茫然としたままフィーア様に視線を移すと、彼女は嬉しそうに両手を広げた。

「じゃじゃーん、クェンティン団長のお土産に、新しいグリフォンを連れてきました！　もしかしたら、団長の従魔の番かもしれません‼」

「…………………………………………」

何がじゃじゃーんなのかが分からない。

度肝を抜かれたオレの目の前で、フィーア様はにこにこと邪気がない様子で笑っていた。

そんなフィーア様を目にし、「土産」の意味を理解していないなと思う。これは完全に土産の範疇を逸脱している。

「フィーア様……このグリフォンをどうするつもりですか？」

オレは考えることを放棄すると、激しく高鳴っている胸を押さえながらフィーア様に質問した。

「クェンティン団長の従魔とお見合いをさせるのはどうかな、と思ったんですが」

「ああ、オレの従魔と見合い……」

考えることを放棄したオレは、フィーア様の言葉に従順に従うことにする。

フィーア様と並んで従魔舎に向かいながら、オレはこの見合いが失敗することを事前に理解していた。

なぜならフィーア様にとっては誤差の範囲だと気にしていないのかもしれないが、この緋色のグリフォンは変異種で、通常のグリフォンよりも能力が高いことが明らかだったからだ。

通常のグリフォンはAランクの魔物だが、この変異種は間違いなくSランクだ。エネルギーの量が全然違う。

オレの従魔が相手にしてもらえるとは思えないし、そもそも……

「あ、あれ？」

オレの従魔に引き合わせた途端、ぷいとそっぽを向いた緋色のグリフォンを見て、フィーア様は驚いたように目を見開いた。

それから、焦った様子で緋色のグリフォンに話しかける。

「えっ、だって、あなた、私の髪飾りに魅かれていたわよね？　番の羽根だからこそ、魅かれたんじゃなかったの!?　ちょ、もう一度この金色の綺麗なグリフォンを見てちょうだい！　どう、ドキドキしてくるでしょう??」

フィーア様の髪に飾られている3本の従魔の羽根を見て、今回の誤解がどのように生まれたのかをうっすらと理解する。

ああ、そういうことか。フィーア様は髪に付けたオレの従魔の羽根に、緋色のグリフォンが魅かれたと勘違いしたようだが、実際には、緋色のグリフォンと同色の髪を持ち、ものすごいエネルギーを持つフィーア様自体に魅かれただろうことは、火を見るよりも明らかだ。

「……どうやら番ではなかったようですね。それにフィーア様、この緋色のグリフォンは雌ですよね。尾羽の先が白い色をしているのは雌の共通した特徴ですから。そして、オレのグリフォンも雌です」

「へっ!?」

フィーア様は目を丸く見開くと、信じられないといった表情で口を開いた。

「め、雌と雌!?　同性??　ま、間違ったああぁ……!!」

フィーア様はがくりと地面に膝を突くと、失敗を悔やむ様子で両手で顔を覆った。

それから、肩に乗った黒竜王様に相談する。

「ザビリア、ど、どうしよう……」

黒竜王様は面倒見よく、答えを返していた。

「方法は二択だよ。このグリフォンに自力でギザ峡谷まで戻ってもらうか、ここで面倒を見るかだ。あ、言っておくけど、フィーアの従魔にするのはダメだからね」

「そ、そうよね。でも、このグリフォンをギザ峡谷までもう一度送っていくほどの休暇を、シリル団長が認めてくれるとは思えないわよね。それに、道中に色んな魔物の縄張りを通るはずだから、1頭きりで旅をさせるのは危険だし」

フィーア様は自分に言い聞かせるようにつぶやいた後、顔を上げて頼みごとをするかのような表情でオレを見つめてきた。

その表情を目にした途端、何か大変なことが起こる予感がする。

「フィ、フィーア様、待ってください！　オレの人生が変わる予感がします。落ち着く時間を……」

胸元を握りしめて猶予を申し出るオレの話を全く聞いていない様子で、フィーア様はさくっと要望を口にした。

「クェンティン団長、この子を団長の従魔に加えてもらえませんか？」

「はいっ!?」

言われた意味が分からない。

従魔となる契約は、オレが主として相応しい能力を魔物に見せ、魔物が受け入れると判断した時に初めて成り立つ。

そして、この立派な魔物はオレより遥かに能力が高いため、絶対にオレを受け入れないだろう。

「フィーア様、非常に光栄な申し出ではありますが、グリフォンが承服しないはずです」

「確かにそれは、聞いてみないと分かりませんよね。けれど、まずはクェンティン団長の気持ちと、クェンティン団長の従魔の気持ちを確認することが大事だと思いますので、教えてもらってもいいですか？」

「そ、そんな奇跡が起こったら、オレはもちろん大喜びで受け入れますし、グリフォンは元々群れで暮らす魔物ですから、オレの従魔も大喜びするでしょう」

そう答えながら、確認のため従魔に視線を送ると、黄金色のグリフォンは同意の印に一声高く鳴いた。

オレと従魔の様子を確認したフィーア様は嬉しそうに頷くと、緋色のグリフォンに向き直り、申し訳なさそうな表情でおずおずと口を開いた。

「本当にごめんなさい。性別という基本的な属性を確認し忘れていたわ。つまり、番ではなかったけれど、仲間ではあることだし、ここでしばらく暮らしてみるのはどうかしら？　もしもギザ峡谷に戻りたくなったら、責任を持って送っていくから」

その時は、何としてでもシリル団長からお休みを獲得するからね、とフィーア様は続けていたが、いやいや、こんな素晴らしいグリフォンはオレが送っていきたいです、と心の中で渇望する。

すると、それまで一切口を開かなかった緋色のグリフォンが、ふっとおかしそうに微笑んだ。

「おやおや、黒竜の主だというからどれほど居丈高な人物かと思いきや、存外気を遣うのだな」

「へっ？　グ、グリフォンがしゃべった!!」

フィーア様が驚いたように目を見開くと、その様子を見ていた黒竜王様が呆れたように首を横に振った。

「うん、Sランクになる変異グリフォンならしゃべるよね。もしかして気付いてなかったかもしれないけど、ゾイルもしゃべれるよ。あいつは意地を張って、敢えて口をきかないようにしていたみたいだけど」

「えっ、ゾイルも!!」

ショックを受けたように黙り込むフィーア様に向かって、緋色のグリフォンは目を細めた。

「ふふふ、ここは賑やかだな。これだけ騒がしいと、色々なことを忘れられそうだ。番と言えば……我には既に番がいたが、最近亡くしてしまってね。ギザ峡谷は悲しい思い出が詰まっているから、棲み処を変えたいと思っていたところだ。できれば安全に暮らせる場所が望ましく、ここは悪くなさそうだから、こちらで世話になることにしよう」

「えっ!!」

まさかの返答に驚愕の声を上げる。

しかし、驚いていたのはオレだけで、フィーア様はただ嬉しそうに微笑んでいた。

「まあ、ありがとう！　だとしたら、保護者を付けた方がいいわね。ここにいるクェンティン団長は黄金色のグリフォンの契約主なのよ。あなたも団長と契約してみてはどうかしら？」

いや、それは無理な話だろう。レベルが釣り合わない。

「フィーア様、さすがにそれは……」

常識を押さえてもらおうと声を上げたが、緋色のグリフォンに遮られる。

「その申し出も受け入れよう。そなたの名は？」

緋色のグリフォンはそう言うと、真っすぐにオレを見つめてきた。

……この居丈高な態度から考えるに、明らかにグリフォンの方がオレより立場が上だな。

そもそもオレの目に映るグリフォンのエネルギー量がオレの数倍あるのだから、このまま契約したら、オレの方が従わせられるんじゃないか？

……それは、ありだな。これほど優れた魔物に従うのは、やぶさかでない。

などと千々に考えが乱れたまま、自分の名を口にする。

「クェンティン・アガターだ」

すると、緋色のグリフォンはばさりとその美しい緋色の翼を広げ、契約の声を上げた。

「我、ギザ峡谷の主ギザーラはクェンティン・アガターと契約す。我の血と肉と魂をもって主に永遠なる忠誠を！」

「は？　こんなに突然……!?」

驚きの声を上げる間に、目の前で何重もの光が交錯し、オレとグリフォンを包み込んだ。

その瞬間、何とも言えない感覚がオレを襲ったかと思うと、パシュンという音とともに光が弾け飛ぶ。

同時に、オレの手首の周りに、鮮血の色をした光の輪が生じた。

瞬きもせずに見つめていると、その輪はどんどんと狭まっていき、オレの腕に同化した。

残ったのは、手首の周りをぐるりと囲む幅1ミリほどの緋色の線――完全なる従魔の証だった。

「………………」

オレは信じられない思いで、無言のまま手首を見つめる。

都合のいい白昼夢を見ているのかと何度も瞬きをしたが、オレの手首にはしっかりくっきり、細くて途切れのない完全調伏の印が刻まれていた。

思考が停止した状態で顔を上げると、緋色のグリフォンが従順そうな表情でオレを見つめていた。

ギザ峡谷はグリフォンの一大生息地になっているが、オレの聞き間違いでなければ、このグリフォンはその地の主と言っていた。

つまり、オレはグリフォンの王を完全調伏させたということか？

「いや、あり得ないだろう。オレはただの騎士団長だぞ!?　あ、ダメだ。完全にオレが耐えうる内容を超えた」

そうつぶやくと、オレはぺしゃりと地面に座り込み、そのまま背中を倒して地面に横たわった。

「ク、クェンティン団長!?」

フィーア様が心配そうな声を掛けてきたが、オレはもう返事をする元気もなかった。

オレの視界一面に、綺麗な夕焼け空が広がっている。

ああ、このまま死んだら、オレは世界で一番幸せだな。

「グリフォンの王を従えるなど、こんな幸福があるものか……」

そうつぶやきながら、オレは意識を失った。


目覚めた時、最初に目に入ったのは満天の星だった。

ここはどこだ……と首を巡らそうとしたところ、体が温かいものに包まれていることに気が付く。

はっとして目を上げると、緋色の美しいグリフォンに見下ろされていた。

「グリフォンの王！」

途端に記憶が蘇《よみがえ》り、がばりと体を起こす。

緋色のグリフォン――――ギザーラは、オレを真っすぐに見下ろすと、からかうような声を出した。

「気付いたか。そなた、従魔の契約で体力を消耗したようだな。随分長いこと、気絶でもしたかのように眠っていたぞ」

いや、それは実際に気絶していたのだ。

明らかにオレよりも格上の魔物と主従契約を結んだのだから、魂まで持っていかれなかったのが不思議なくらいだ。

片手で従魔の証を撫でながら周りを見回すと、既に真っ暗闇で、夜も遅い時間であることが推測できた。

ギザーラの隣には、黄金色のグリフォン――ダンディライオンと名付けた、オレの長年の従魔が寄り添うように座っていた。

もうこれほど仲良くなったのかと驚くとともに、やはりグリフォンは群れる魔物なのだなと納得する。

「ギザーラ、本当にオレと契約してよかったのか？　お前は王なのだろう？　だとしたら、ギザ峡谷に戻らなくてもよいのか？」

喉から手が出るほど目の前の魔物がほしかったが、そういうわけにもいくまいと、涙を飲んで確認する。

するとと、ギザーラは軽い調子で頷いた。

「構わぬ。あの地には代理を置いてきた。いずれあれが立派になれば、我の代わりに正式な王となるだろう。それに、先ほども言ったように、我は元々、安全に暮らせる場所を探していたのだ。産卵できる場所をな」

「さ、産卵!?」

予想外の話の流れに、どぎまぎしながら言葉を返す。

「ああ、我と亡き番の卵だ。ギザ峡谷はうるさ過ぎて、産卵場所としては不適切だったため、安全に産める場所を探していたのだ」

「は、な……、た、卵……そうか」

怒濤《どとう》の展開に頭の中は混乱していたが、はっきりしていることが1つあった。

「つまり、ギザーラ、卵を産むということは、お前のような素晴らしい魔物がさらに増えるということだな？　喜ばしいことじゃないか！　約束しよう、オレが絶対にお前のために安全な場所を作ってやる!!　そして、守ってやる!!」

ギザーラは予想外の言葉を聞いたといった様子で目を細めた。

「そなたが我を守るのか？　……ふふふ、面白いな、クェンティン。我の番も、我より遥かに非力であったが、そなたと同じようなことを言っていた。……よし、そなたに守られることにしよう」

こうしてオレは、信じられないほど強く美しいグリフォンの主となったのだった。

人気投票第6位 シャーロット

フィーアとシャーロット、隣国の王族と薬草採取に出掛ける

天気のいい日、私はシャーロットと一緒に城内に薬草を摘みに行った。

主目的は『緑の泉』に追加する薬草を摘むことだったけれど、泉の周りを見回してみると、雑草に交じってちらほらと色々な種類の薬草が生えていることに気付く。

いいものを見つけたわと摘み取っていると、シャーロットから不思議そうに尋ねられた。

「フィーア、どうして雑草を摘んでいるの？」

「え、雑草じゃないわ。これは薬草よ」

「え？」

驚いたように目を丸くするシャーロットの前に、葉の先が黄色く色づいている薬草を差し出す。

「ほら、よく見て。半分が黄色で半分が緑の葉なんて、他にないわ。聴力回復に役立つライナの葉よ」

シャーロットは私から薬草を受け取ると、じっくりと眺め回した後、困ったように眉を下げた。

「ごめんなさい、私、薬草図鑑に載っている薬草は全部覚えているつもりだけれど、この色合いは

覚えがないわ。『ライナ』という名前もそう」

「え!?」

私は2つの意味で驚いて、目を見開いた。

1つは、300年前にメジャーな薬草であったライナが薬草図鑑に載っていないという事実。

もう1つは、図鑑に載っている薬草を全て覚えているというシャーロットの頭の良さだ。

「あ、違うわ、私はそんなに記憶力はよくないから！　薬草図鑑にのっているのは82種だから、繰り返し読んでいたら覚えただけよ」

シャーロットは私の感心した表情を見て慌てて手を振ったけれど、まだ子どもなのに凄いわ！

と、頭を撫でる。

「もちろん、すごいことよ！　見たこともない薬草も多いでしょうに、全部覚えてしまうなんて頑張ったのね」

シャーロットは嬉しそうに頬を赤らめた。

そんなシャーロットを好ましく思いながら、それだけ覚えられたのならば、次のステップに移る時期ねと言葉を続ける。

「掲載されているのが100種弱ということは、シャーロットが読んだのは、基礎の薬草図鑑なのかしら？　全てを網羅している薬草全鑑ならば、この薬草も載っているはずだけれど……」

そう言いながら小首を傾げていると、シャーロットがおずおずと口を開いた。

「……フィーア、薬草は82種類しかないわ。もちろん、イラストがある図鑑とか、高名な聖女様が記された詳細な説明付きの図鑑とか、書籍によって内容は異なるけれど、どの本も記載されている薬草は82種類しかないの。だって、現在、指定されている薬草はそれだけだから」

「ふえっ!?」

私は驚いて声を上げた。

そんなはずはないと思ったからだ。

なぜなら前世における薬草の数は、……数え上げたことはなかったけれど、300とか400とか、もっと沢山あったはずだ。

「え？　え？　だったら、聴力回復薬はどうやって作っているの？」

「ちょうりょくかいふくやく……ってなあに？　初めて聞くけれど……」

「まあ！」

何てことだろう。300年経つ間に、聖女の力が衰えたと思っていたけれど、薬草の知識も失われていただなんて。

……でも、そうね。聖女の数が減り、力が衰えてしまったから、300年前のようにあらゆる症状に対処することはできなくなったのかもしれない。

そのため、傷の回復や毒消しといった主な効能にのみ、対応を特化せざるを得なかったのかもしれない。

結果、聴力回復といった比較的患者数が少ない病気に対応する薬は作られなくなり、使用しない薬草は意味がないものと、薬草としての指定を外れていったのかもしれない。

ああ、多くの聖女たちが長い時間を掛けて調べ上げ、高い効能を見出されていた薬草たちが失われてしまっていたなんて！

私は寂しい気持ちに襲われたけれど、ぷるぷると頭を振って考えを切り替える。

……そうだとしたら、失われてしまった薬草の効能を知っている私が、次の世代の聖女たちに正しく伝えるべきだと思ったからだ。

「ようし、シャーロット、今日は新しい薬作りに挑戦するわよ！」

けれど、聴力回復薬を作るには、材料である「丸緑の実」が不足している。

あの実がなる木はこの城にはないはずだし、どうしたものかしらと考えていると、しかめ面をしたデズモンド団長が歩いてくるのが見えた。

「よう、フィーア、雑草摘みか？　お前はいつも遊んでばかりで楽しそうだな」

デズモンド団長は片手を上げると、私の手の中にある薬草をじろりと見つめた。

「お久しぶりです、デズモンド団長。お出掛けですか？」

「ああ、お出掛けですよ。お前んとこの団長から仕事を押し付けられたからな」

「えっ？」

驚いて目を見開くと、苦虫を噛み潰したような表情のデズモンド団長と目が合う。

「突然、隣国から王族様がやってきてな、ナーヴ王国で草摘みをしたいだとよ。お前も雑草摘みをしているし、今の流行りなのか？　ったく、要人警護は第一騎士団の仕事だってのに、緊急で対応できる者がいねぇと、責任者を押し付けられた」

「まあ、それは大変ですね。隣国と言えばディタール聖国ですか？」

「いや、この王都の真東に位置する、スクルノ王国だ」

「あ、そうなんですね」

デズモンド団長の言う『草摘み』とは薬草摘みのことだろうから、聖女を多く抱えている聖国からのお客様かと思ったけれど、どうやら外れたようだ。

「それで、どちらの森を案内するんですか？」

「もちろん、ここから一番近い『星降の森』だ。あそこには沢山草が生えているからな」

「草……」

確かに、どの森にだって草はたくさん生えている。

けれど、わざわざ隣国から王族が薬草を摘みに来るのだから、重要な使命を持っていることは間違いなく、さらに、どの薬草を採取したいかの要望が事前に出ているはずだけれど、……デズモンド団長の大雑把さは酷いわね。

けれど、今はそのことが都合がいいわ。

「でしたら、ご一緒してもいいですか？　丁度こちらの聖女様と『星降の森』に薬草摘みに行こうと考えていたところだったので、ご一緒させてもらえたらありがたいです。聖女様がご一緒ですので、薬草について少しはお役に立てるかと思いますし」

「フィーア、お前にしては珍しく有用な意見だな！　実のところ、オレは草についてさっぱり分からないからいい考えだ」

ええ、分かっていました。

「だが、フィーア、お前はいつの間に聖女様とお知り合いになったんだ？　他者と交わろうとしない聖女様相手に、凄いことだぞ」

そう言うと、デズモンド団長は礼儀正しくシャーロットに挨拶をしていた。

その姿を見ながら、デズモンド団長こそ凄いなと考える。

普段は口が悪くて素行が悪い出来の悪い騎士に見えるのに、礼儀作法に則って挨拶をしたり、緊急時に部下に指示を出したりするなど、ここぞという時には優秀な騎士団長だと思わせる一面があるからだ。

さすが王国の騎士団長、本当はご立派なのね！

普段は隠されているデズモンド団長の優秀さに気付いた私は、素直にすごいなと感心したのだった。


その後、私たちはスクルノ王国のお客様と合流すると、一路森へ向かった。

隣国からのお客様は12歳の黄色い髪をした第1王女で、イェルダ・スクルノと名乗られた。

スクルノ王国の紋章が付いた立派な馬車に、聖女であるシャーロットと護衛の名目で私が同席する。

イェルダ王女は2名の侍女に挟まれるように座っており、私と目が合うと気弱そうに瞬きをした後、シャーロットに視線を移した。

「……シャーロット様、ナーヴ王国の聖女様にご同行いただき光栄に存じます。私にはどうしても探したい薬草がありますので、今日はよろしくお願いしますね」

シャーロットは私の様子が気になるようで、ちらちらと視線を送ってきた。

どうやら聖女であることを隠したい私の気持ちを尊重しながらも、一方では、私が路傍の人のように扱われることを心苦しく思っているようだ。

大丈夫よ、シャーロット。私は護衛役だから、正しい扱いですよ。

そんな気持ちを込めてにこりと微笑むと、シャーロットは困ったように眉を下げながら王女に質問をした。

「イェルダ様は特定の薬草をお探しですか？　薬草によって生えている場所が異なりますので、よければ教えていただきたいのですが」

「私は……『丸緑の実』を探しています」

「丸緑の実？」

あら、私が採取したいものと一致したわ、と話を聞きながら思ったけれど、シャーロットは王女の言葉に不思議そうに首を傾げていた。

恐らくシャーロットの持っている薬草図鑑には載っていない薬草だったため、考えを巡らしているのだろう。

けれど、先ほどの私との会話に思い至ったようで、困ったように眉を下げる。

「それは薬草図鑑に載っていない、失われた薬草ですね」

「まあ、さすがは聖女様ですね！　失われた薬草があることをご存じだとは。……ええ、200年前に作成された我が王家秘蔵の薬草図鑑に掲載されている植物です。図鑑によると、『丸緑の実』はナーヴ王国やアルテアガ帝国で採取できるとありました。ただ、なにぶん古い書物ですので、挿絵部分がかすれていて、私には今一つどの植物か判別が付かないのです」

イェルダ王女は自分の知っている情報を口にした後、期待するような瞳でシャーロットを見つめた。

けれど、シャーロットは申し訳なさそうな表情で言葉を続けた。

「あの、申し訳ないのですが、失われた薬草があることは知っていますが、その内容については詳しくないんです」

「そう……ですよね」

シャーロットの言葉を聞いた王女は、見るからにしょんぼりとした様子で俯いた。

そんな王女に対して、私は心の中で励ます。

……大丈夫ですよ。偶然だけど、今から向かう森にはその木が生えていますから。

というか、私も『丸緑の実』がほしくて『星降の森』に向かっていますから、一緒に採取しましょうね。恐らく作りたい薬も同じものでしょうから。

けれど、私の心の声が聞こえない王女は、膝の上で握りしめた自分の手を、不安そうな表情で見つめ続けていた。


「それでは、王女殿下、お好きに見て回ってください。殿下の周辺には騎士が付き従いますので、危険がないことは保証いたします」

森に到着し、馬車から降りたイェルダ王女に対し、デズモンド団長は胸に手を当てると、如才なく説明を行っていた。

王女はシャーロットと連れ立って、木々を眺めながらどんどんと森の奥に入って行く。

その周りを、1ダースの騎士たちが警戒した様子で警護しながら続き、私も遅れないように付いて行った。

なるほど、どうやら王女は『丸緑の実』という名前から、緑の実が生《な》っている木だと推測し、見た目で探しているようだ。

実際に『丸緑の実』は緑の実のため、いい閃きだわと感心する。

シャーロットが不安そうにこちらを見てきたので、そうよね、ここら辺でヒントを出しておかないと心配よねと考え、大げさな仕草でぽんと手を打ち合わせた。

続けて、閃いたとばかりに大きな声を出す。

「ああ、そういえば以前、騎士仲間から美味しい木の実をもらったことがあったわ！　あれは、緑の実だったわね。とっても美味しかったから、その木があった場所を教えてもらっていたのよね」

私の言葉を聞いたデズモンド団長は即座に近寄ってくると、身長差を利用して見下ろしてきた。

「フィーア、お前はまた、突然訳の分からないことを言い出すのは止めろ！」

それから、私の耳元に口を寄せると小声で続ける。

「馬車の中で何を聞いたか知らないが、王女殿下がご所望なのは誰も聞いたことがない木の実だ。見せられた図鑑の絵はかすれていたから形状が判別できないし、王宮住まいの聖女様や薬師に確認しても誰一人存在を知らない植物だった。元々情報が不足しているから、特定するのは無理な植物なんだよ。だから、王女にお任せして、気が済むまで探索させておけばいいものを、お前が変に口出しをして見つからなかったら、騎士のせいになるだろうが」

あらまあ、デズモンド団長ったら、責任の重い騎士団長らしい慎重な考え方ですね。

ですが、私は責任が軽い、一般の騎士ですからね。好きにさせてもらいますよ。

「あの……」

小さな声に振り返ると、イェルダ王女が真後ろに立っていた。

「あの、よければその木の実が生っている場所まで案内してもらえませんか？　私には何の手がかりもないので、可能性があることは試してみたいのです。案内された場所に何もなかったとしても、咎《とが》め立てはいたしませんから」

王女の言葉を聞いたデズモンド団長は一瞬顔をしかめたけれど、すぐに騎士の礼を取った。

「……もちろんです、王女殿下。ご案内させていただきます」

それから1時間ほど歩いた後、私たちは開けた場所に出た。

背の高い木々が乱立している深い森の中に、ぽっかりと存在する辺り一面が見通せる空間。

そこには他の場所と異なり背の高い木はなく、低木の中にぱらぱらと中木が交じっているだけだった。

「は、風が通るな」

気持ちよさそうに目を細めたデズモンド団長を、私は感心して見つめていた。

なぜなら初めて実戦で戦うところを目にしたけれど、デズモンド団長は恐ろしく強かったからだ。

ここまで来るのに何度か魔物と遭遇し、そして、その中にはCランクの魔物もいたというのに、デズモンド団長はほぼ一人で倒してしまったのだ。

「王国の虎」と呼ばれ、シリル団長と並び称されるわけが分かったわね！

だけど……

私は戦闘中に感じた違和感の正体を確認すべく、じっとデズモンド団長を見つめる。

……もしかして、左耳が聞こえていないのかしら？

以前はそんな素振りなどなかったから、最近悪くしたのかもしれない。

心配になって見つめていると、視線を感じたデズモンド団長から「もじもじしてトイレか？」と質問された。

「ちっ、違いますよ！」

慌てて言い返したけれど、そのことにより、とても耳の不調を尋ねるような雰囲気ではなくなってしまう。

そのため、話はそこで終わりとなった。

デズモンド団長の最大の欠点は、デリカシーがないことだと思う。


さて、一方のイェルダ王女は開けた場所に出た途端、はっとしたように周りを見回した。

「まあ、ここだけ植生が異なっているのですね！　もしかしたらこの辺りには、他と異なる植物が生えているのかもしれません」

興奮した様子できょろきょろと辺りに生えている木々を確認すると、１本１本丁寧に覗き込み始める。

そして、しばらくすると、王女は「緑の実だわ!!」と興奮した声を上げた。

「フィーア様、緑の実がありました！　図鑑に記載してある大きさと一致しますので、きっとこれですわ!!」

正解です、王女様。

けれど、素材を探すだけでこんなに手間取るようでは、果たして薬を作るところまでたどり着けるのかしらと心配になる。

なぜなら300年前ですら、状態異常の薬を作ることができる聖女は、当初私だけだったのだから。

それを聖女たちに根気よく指導することで、簡単な種類の薬ならば作製できる聖女がちらほらと現れるところまでこぎつけたのだ。聴力回復薬は、その薬の中の1つだ。

残念ながら、私の指導法は分かりにくいようで、何度教えても『よく分かりません』と聖女たちに返されていた。

そのため、コツを摑んで薬化できるようになった数少ない聖女たちに、薬化の方法を分かりやすく記録して、技術を後世に残すようお願いしていたのだけれど、実際に正しく伝わっているのかが心配になる。

シャーロットも薬化の方法を心配しているようで、ちらりと私の方を見てきた。

どうしたものかと対応を取りあぐねているようだったので、後は任せて、という意味を込めてシャーロットに頷くと、私はイェルダ王女に話しかけた。

「王女殿下のお言葉通り、その実で間違いないと思います。恐らく新鮮なうちに薬にした方が効能が高くなると思われますので、急いでお国に戻られるか、我が国で薬を作られるかした方がよいのではないでしょうか」

「そう……ですよね」

けれど、王女の表情が一瞬にして陰ったことから答えを読み取る。

……これは、作り方を知らないわね。

恐らく図鑑から効能だけを調べて、取り急ぎ採取にきただけで、薬化の方法についてはこれから試してみるつもりなのだろう。

でも、闇雲にやっても成功するような魔法じゃないのよねー、どうしたものかしら……

うーんと首を捻っていると、シャーロットがおずおずと口を開いた。

「あ、あの、私が試しに作ってみましょうか?」

「え!?」

シャーロットの提案に、イェルダ王女は驚いたように目を見開いた。

「私が求めているのは『聴力回復薬』で、今は失われてしまった状態異常回復薬です。それをシャーロット様は作製できるのですか!?」

「お約束はできませんが、試してみることはできます。た、ただ、私の場合、精神が安定しませんので、信頼できる騎士のフィーアに手伝ってもらうことが必須条件になるのですが」

うーん、シャーロット、よく考えた説明だと思うけれど、私がシャーロットの精神安定剤役だなんて、信じてもらえるものかしら。

そう考えながらデズモンド団長をちらりと見ると、後ろで耳をそばだてていた様子の団長が、私にだけ聞こえるような小声で馬鹿にしたようにつぶやいた。

「はっ、フィーアが側にいることで精神が安定するだと？　こいつこそが皆の精神を破壊するトラブルメーカーだというのに!?　フィーアにそんな効能などあるものか!!」

……私はどうして、こんな騎士の耳を治すために特効薬を作ろうとしているのかしら？

デズモンド団長の片耳が聞こえていないことに気付いた瞬間、『シャーロットに薬化の技術を伝授する』ことから、『団長の耳を治癒する薬を作る』ことに目的を切り替えた自分を至極不思議に思いながら、シャーロットとともにちゃちゃっと薬を作る準備をする。

隣では、イエルダ王女が祈るように両手を組み合わせて見つめていた。

デズモンド団長の分の薬もまとめて作ろうと考えた私は、少し多めに材料を混ぜると、それらを2本の小瓶に分けてシャーロットに握らせる。

そうして、私はその上から手を重ねた。

……特に難しい薬でもないから、作製するのは1秒で終わるんだけど、他の聖女たちはもっと時間が掛かっていたわよね。

あまり短時間で作ると怪しまれるかもしれないと、前世の聖女たちの作製時間を思い出しながらゆっくりと魔力を流す。

うーん、あと5分くらいしたら、できたと言ってもいいものかしら。

そう考えていると、ふっと頭上が陰った。

何かしらと思って見上げると、夢見鳥がふわりふわりと飛んでいた。

「こんな時に！」

私は思わず苦悶の声を漏らす。

なぜなら夢見鳥は、幻覚を見せる厄介な魔物だからだ。

この森にザビリアを探しに来た際にも遭遇し、大変な目にあったことは記憶に新しい。

ああ、薬化中にこのレベルの魔物と戦闘することは想定していなかったんだけどな、と困った思いで見上げていると、デズモンド団長が剣の柄に片手をかけたまま助走を付けるのが目の端に見えた。

え、と驚いて振り返るのと、デズモンド団長が夢見鳥の軌道を読んで先回りし、大きく跳び上がりながら抜きざまの剣を振り下ろすのが同時だった。

「ええっ!?」

ざん！　という音とともに、夢見鳥はたった一刀の下に、デズモンド団長に切り伏せられる。

ぽかんとして団長を見上げると、顔をしかめられた。

「いや、鳥を一羽切り伏せただけで驚かれるとは、オレはどれだけ弱いと思われているんだ。いいから、続けな」

その軽い調子から騙されそうになるけれど、いやいや、前回ザカリー団長がこの魔物に手こずったところを見ていますからね。そもそもBランクの魔物ですよ。

驚く私とは裏腹に、デズモンド団長は剣を鞘《さや》に戻すと、ゆったりとした様子で数歩後ろに下がった。

……さ、さすが「王国の虎」だわ。

討伐経験があったのかもしれないけれど、夢見鳥を一刀で倒すなんて、見事としか言いようがない。

しかも、王女やシャーロットに恐怖心を与えないため、大した魔物ではないように見せる気配りまでできている。

「デ、デズモンド団長は凄い団長だったんですね!!」

今さらながら感心していると、嫌そうに眉を寄せられた。

「フィーア、お前は本当に騎士団長の扱いが酷いな。お前のところの団長はそういう扱いにぞくぞくくるのかもしれないが、生憎《あいにく》とオレはそんな趣味はないからな」

「失礼しました。謝罪いたしますとともに、今のお言葉をシリル団長に伝えておきます」

深く頭を下げると、焦ったような声が降ってきた。

「フィーア！　もちろん、冗談に決まっているだろう!!　オレは気さくな騎士団長だから、お前から何と言われようと気にするはずもない！　第一騎士団の連中は、団長に似て融通が利か……お堅いから、遊び心がなさ過ぎるぞ！」

あせあせと言葉を重ねてくるデズモンド団長を見て、私は心の中でつぶやいた。

身内に対する言葉選びはイマイチですけど、デズモンド団長は本当に立派な騎士団長ですよ。


シャーロットの手に重ねていた私の手を外すと、小さな聖女様は自信がない様子で口を開いた。

「お、終わりました、よ？」

尋ねるように私を見つめてくる様子からは、とてもシャーロットが特効薬を作製したように見えない。

うーん、第二目的になってしまったものの、シャーロットに聴力回復薬の作製方法を伝授できればなと思っていたけれど、どうやらうまく伝えられなかったようだ。

薬化の伝授は次回に持ち越しねと考えながら、私は両手を頬に当てて驚いたような声を出した。

「シャーロット、凄いわ！　完璧に『聴力回復薬』ができているわよ!!　まあ、初見でこんなことができるなんて、シャーロットは天才ね!!」

けれど、どういうわけかデズモンド団長が顔をしかめてくる。

「フィーア、相変わらずお前の演技は酷いな！　お前の周りにいる連中は何だかんだで優しい奴らばかりだから、その酷い演技を見て見ぬふりしているんだろうが、結局はお前のためにならないぞ。

つまり、この薬は失敗したんだな？　さすがにスクルノ王国の王族に、偽薬を持たせるわけにはいかないから、ここに置いていけ。元々できっこねぇ薬だったんだから、気にすることはない」

私はちらりとデズモンド団長を見上げると、屈《かが》んでくれるようにと手で合図をした。

「どうした？」

何だかんだと面倒見のいい団長は、言われるがまま腰を屈める。

私はデズモンド団長の左側に回り込むと、両手を自分の口の周りに当てて、小さな声で囁《ささや》いた。

「デズモンド団長、晩御飯を1週間連続でご馳走してください」

団長は見て分かるほど顔を強張らせると、素早く私と距離を取り、用心した様子で見つめてきた。

そのため、私は無邪気に笑みを浮かべる。

「いいですか？」

デズモンド団長は一瞬躊躇う様子を見せたけれど、私の表情から問題ない案件だと判断したようで、ゆっくりと頷いた。

「……ああ」

その瞬間、私は勝ち誇った声を上げる。

「ふははは、かかったわね！　私は今、晩御飯を1週間連続でご馳走してくれるよう要求したんです！　デズモンド団長が肯定したのを聞きましたからね！　ここにいる騎士たちが証人です」

高らかに宣言した私とは異なり、明らかに引き気味の騎士たちは消極的な返事をした。

「……確かに、デズモンド団長が肯定したのは確認したが」

対するデズモンド団長は、私と同じくらいテンション高く苦情の声を上げる。

「フィーア！　お前、卑怯だぞ!!　邪気のなさそうな顔をして、えげつない要求をするんじゃない」

「元はと言えば、片耳が聞こえていないのに、格好を付けて聞こえる振りをしている団長の自業自得です！　思った通り、耳の不調を隠すため、聞こえる振りをするんですから」

私の言葉を聞いた瞬間、誰もが驚いたように動きを止めた。

「は!?　フィーア、お前、何で分かったんだ!!」

とは、デズモンド団長の発言。

「「え、デズモンド団長は片耳が聞こえていないんですか!?」」

とは、騎士たちの発言だ。

デズモンド団長はばつが悪そうな表情を浮かべたけれど、観念したように口を開いた。

「くそう、フィーア、そう言えばお前は、総長の古傷を見抜くようなところがあったんだったな。……まあ、そういうことだ。左の耳が聞こえにくいと思っていたが、忙しくて放置していたら聞こえなくなった。遅ればせながら医師に確認したら、過労が原因だろうとのことだ。どうやら難聴の症状は放置すると、1～2か月で固定化されて治らなくなるらしいな」

「「だ、団長……」」

周りの騎士たちの体が、動揺したようにふらりと揺らぐ。

そんな騎士たちに対し、デズモンド団長はひらひらと手を振った。

「問題ない。耳は2つある」

あっさりと言い切ったデズモンド団長だったけれど、恐らく自分でも分かっているはずだ。

片耳が聞こえなくなったことで、音源の方向と距離がつかみ辛くなり、騎士としては大きなマイナスを抱えてしまったことを。

そもそもの原因が過剰労務であるのならば、周りの騎士たちに文句の一つも言いたいだろうに、ぐっと抑え込むデズモンド団長は偉いと思う。

普段はどうでもいい苦情を次々と口にするけれど、肝心な時には誰のせいにもしない男前団長なのだわ。

そう考えながら、私は団長に小瓶を差し出した。

「どうぞ、デズモンド団長が言うところの偽薬です。見ていただいた通り、素材にしたのは安全な草と木の実と水ですから、飲んでも体に害はありません。試してみてください」

「……分かった。オレに効かなければ、スクルノ王国には持ち込ませないからな」

それから、団長は聞こえないほど小さな声で独り言をつぶやいた。

「くそっ、黒き王の騒動からこっち、いつからオレは人体実験の被検体になったんだ!?」

そして、瓶の中身を一気に飲み干すと、当然といった表情で口を開いた。

「何も変わらないぞ」

「そうでしょうね。回復薬と同じように即効性はありませんので、じわじわと効いてくるはずです。それでは、この森での用事は終わったので帰りましょうか」

そうして、私たちは森を後にしたのだった。


城に着くと、馬車から降りる間もなく、騎馬にて並走していたデズモンド団長から、詰め寄られた。

「お、おい、フィーア！　左耳が聞こえるようになってきたんだが!?」

私は両手を腰に当てると、勝ち誇った笑い声を上げる。

「ふははは、でしょうね！　ここにいるシャーロットは優れた聖女様ですから!!」

「そ、そうだったのか！　ありがたやー、シャーロット様!!」

片耳が聞こえなくても問題ないと言い切った先ほどのセリフは強がりだったようで、デズモンド団長はシャーロットに向かって両手を合わせると、頭を下げて拝んでいた。

その姿を見て、イェルダ王女は興奮して頬を赤らめる。

「えっ、本当に聴力回復の効果がありましたの!?　す、凄いですわ!!」

帰りの馬車の中で聞いたところによると、デズモンド団長と同じように働き過ぎの王女の兄が片耳を悪くしたらしい。

そのため、兄と仲が良い王女が、何とかしたいとナーヴ王国くんだりまで素材採取にきたとのことだった。

王女は大事そうに特効薬の小瓶を握りしめると、その日のうちに自国に戻っていった。


さて、いいことをしたら見返りがあるように、その日から1週間、シャーロットと私は毎日、デズモンド団長から豪華な夕食をご馳走になった。

素晴らしいことに、どれだけ食べても、どれだけ飲んでも、デズモンド団長は一切苦情を言うことなく、むしろ次々と新しい料理を注文してくれた。

私の所属するご立派な騎士団長様は、『騎士が仲間を守ることは当然の職務の範囲です。それなのに、報酬欲しさに特定の騎士を優先するのは……』うんぬんかんぬんとおっしゃっていたそうだ。

それは全くごもっともだと思うけれど、これくらいのご褒美は見逃してください、と私は心の中でシリル団長にお願いした。

最上級のお肉をもきゅもきゅと頬張りながら、私は俗世の幸福に浸っていたのだった。

あとがき

本巻をお手に取っていただきありがとうございます！

おかげさまで、本シリーズも6巻目となりました。

登場するキャラクターの数がどんどん増えてきたのに合わせ、前巻で告知した『キャラクター人気投票』を実施しました。

キャラの人気を可視化するのは初めての試みだったため、結果を手にした時は非常にどきどきしました。クリスマスプレゼントを開けるような心境ですね。

多くの方にご参加いただき、コメントもいただき、とても嬉しかったです。ありがとうございました!!

せっかくなので結果を活用しようと、見事1位～6位になったキャラのお話を今巻に掲載しています。

より楽しんでいただけるよう、chibiさんに素敵なイラストで彩ってもらいました。

chibiさん、いつも素晴らしいイラストをありがとうございます！

ちなみに、担当編集者の方はインコを飼っているらしく、打ち合わせの度に「ぴちゅぴちゅ」と存在を主張してきます。

今巻に「鳥真似」という魔人が登場したことから、どうやら私は影響を受けやすいタイプのようです。


さて、2巻のあとがきで「視力が落ちました」と報告していましたが、その経過報告です。

定期健診にて検査したところ、クリアに見えるのは右目0.1、左目0.4まででした。

円の切れている部分を確認する方法で検査したのですが、それから先は全く判別できず、上のような、下のような、右のような、左のような……つまり、見えません。どうやら悪化しているようです。

一日中PCの画面を見つめていて、視力回復に役立つことといえばブルーベリーを食べるだけ。

……うん、回復するはずないな。

しかし、けれども！　私は学生時代に何度もテストを経験した身です。

1点でも多く取りたくて、答えが分からなくても当てずっぽうで何か書いていた学生時代を思い出し、最後まで足掻くべきでしょう。

確率は1／4なので、適当に口にしたらいくつか当たるかも……、と試してみた結果。

「右が1.5、左が1.2です」

「ええ!?」

そんなことあるんだ!? 全く見えないのに??

……私は視力の代わりに、何か凄い力を身に付けたようです。

週末にでも、近所の宝くじ売り場に行ってみたいと思います。

(注：視力検査の目的を逸脱していることは承知しております)


最後になりましたが、ここまで読んでいただきありがとうございます。

本作品が形になることにご尽力いただいた皆さま、読んでいただいた皆さま、どうもありがとうございます。

おかげさまで、書籍化作業は今巻も楽しかったです。

転生した大聖女は、
聖女であることをひた隠す
戦国小町苦労譚
即死チートが最強すぎて、
異世界のやつらがまるで
相手にならないんですが。
領民0人スタートの
辺境領主様
ヘルモード
～やり込み好きのゲーマーは
廃設定の異世界で無双する～
二度転生した少年は
Sランク冒険者として平穏に過ごす
～前世が賢者で英雄だったボクは
来世では地味に生きる～
俺は全てを【パリイ】する
～逆勘違いの世界最強は冒険者になりたい～
反逆のソウルイーター
～弱者は不要といわれて
剣聖（父）に追放されました～

もふもふとむくむくと
異世界漂流生活
メイドなら当然です。
濡れ衣を着せられた
万能メイドさんは
旅に出ることにしました
転生して
ハイエルフになりましたが、
スローライフは
120年で飽きました
駄菓子屋ヤハギ
異世界に出店します
ドイツ軍召喚ッ!
～勇者達に全てを奪われた
ドラゴン召喚士、
元最強は復讐を誓う～
偽典・演義
～とある策士の三國志～
生まれた直後に捨てられたけど、
前世が大賢者だったので余裕で生きてます
ようこそ、異世界へ!!
EARTH STAR
NOVEL
アース・スターノベル

A Tale of The Great Saint
Presented by Touya / chibi / Mahito Aobe
コミカライズ最新第9巻まで
好評発売中!!
転生した大聖女は、聖女であることをひた隠す
A Tale of The Great Saint
最新話は
こちらから!

『ZERO』
コミカライズ始動!!

"ZERO" Comicalization is starting!

最新話はこちらから!

原作：十夜・chibi　漫画：海椋《しいな》

2023年10月より好評連載中!!

小さな聖女のにぎやか成長譚!!
無自覚最強幼女はひた隠さない!?
は、ひた隠す
コミカライズ絶賛連載中!!
漫画：海椋

あらすじ

舞台は300年前のナーヴ王国。
強大な癒しの力を持つ、幼い最強聖女のお話。
ナーヴ王国の王女、セラフィーナは生まれつき目が見えず、
隠れるように森で暮らしていた。
幼い精霊たちとともに、穏やかな日々を送っていた6歳のセラフィーナのもとに、
一人の訪問者が現れる。
「君がセラフィーナだな。シリウス・ユリシーズ、君の従兄だ」
若き騎士団副総長、シリウスは王都への帰還を無理強いすることなく、
セラフィーナに寄り添うように森で過ごすが、ある事件をきっかけに、
彼女の能力が覚醒し——
小さな聖女と最強騎士の、優しく穏やかな物語。

転生した大聖女は、聖女であることをひた隠す ZERO

シリーズ累計200万部突破!!

十夜 Illustration chibi

EARTH STAR NOVEL

転生した大聖女は、聖女であることをひた隠す 6

発行 ———— 2021年12月15日 初版第1刷発行
2023年11月14日 第3刷発行

著者 ———— 十夜

イラストレーター ———— chibi

装丁デザイン ———— 関善之＋村田慧太朗（VOLARE inc.）

発行者 ———— 幕内和博

編集 ———— 今井辰実

発行所 ———— 株式会社アース・スター エンターテイメント
〒141-0021 東京都品川区上大崎3-1-1
目黒セントラルスクエア 7F
TEL：03-5561-7630
FAX：03-5561-7632

印刷・製本 ———— 図書印刷株式会社

ISBN 978-4-8030-1594-2